LA DOUCEUR DE NOS CHAMPS DE BATAILLE

YIYUN LI

LA DOUCEUR DE NOS CHAMPS DE BATAILLE

Traduit de l'anglais (États-Unis)
par Clément Baude

belfond

Retrouvez-nous sur www.belfond.fr
ou www.facebook.com/belfond

Éditions Belfond,
12, avenue d'Italie, 75013 Paris.
Pour le Canada,
Interforum Canada, Inc.,
1055, bd René-Lévesque-Est,
Bureau 1100,
Montréal, Québec, H2L 4S5.

ISBN : 978-2-7144-8114-6
Dépôt légal : xxxx xxxx

Belfond | un département **place des éditeurs**

place
des
éditeurs

À Dapeng et James
Et à la mémoire de Vincent Kean Li (2001-2017)

DISPUTE

Les jours, qui ne peuvent te rapprocher
Ou ne le feront pas,
La distance, qui cherche à paraître
Autrement qu'obstinée,
Se disputent se disputent se disputent avec moi
Sans fin
Et sans te rendre ni moins désirée ni moins aimée.

La distance : Te rappelles-tu ces terres
Sous l'avion ;
Cette côte
De plages incertaines noyées de sable
S'étirant indistinctement
Jusqu'au bout,
Jusqu'à ce que mes raisons s'épuisent ?

Les jours : Et pense
À tous ces instruments amoncelés,
Chacun à son usage,
Annulant l'expérience de l'autre ;
Ils ressemblaient
À ces horribles calendriers
« Avec les compliments de Jamais & Toujours, Inc. »

Le bruit intimidant
De ces voix

Qu'il nous faut trouver séparément
Peut être dominé et sera dominé :
Les Jours et la Distance défaits une fois de plus
Et tous deux chassés,
Définitivement, du doux champ de bataille.

Elizabeth Bishop, « Argument »

1

NE LAISSE PAS CHÈRE MÈRE NOUS TROUVER

CHÈRE MÈRE, dit Nikolai.

J'étais étonnée. Avant, il m'appelait comme ça seulement quand je ne faisais pas attention. Mais voilà que je m'accrochais à mon attention, car c'était la seule chose que je puisse faire pour lui. Je ne t'ai jamais dit à quel point j'adorais que tu m'appelles comme ça, dis-je.

Comment est-ce que tu appelais Grand-mère ?

Quand j'avais ton âge ? Mamita.

C'était tendre, dit-il.

Il ne faut pas se tromper de mot quand on trouve la personne en question peu attendrissante, dis-je. Attendrir (*endear*), pensai-je, quel mot curieux. Attendrir. Endurer (*endure*). Est-ce qu'on peut désattendrir quelqu'un ?

Et quelle surprise de te voir ici, dit Nikolai.

L'un de nous deux l'a provoqué.

Je te tiens pour responsable.

Je ris. C'est bien toi, ça, dis-je. Je lui expliquai ensuite la liberté que j'avais prise pour me transporter ici. Première chose, j'avais rendu le temps inepte.

Je pourrais avoir seize ans, comme toi, dis-je, ou vingt-deux, ou trente-sept, ou quarante-quatre.

Je préférerais que tu n'aies pas seize ans.

Pourquoi ?

Je ne veux pas me sentir obligé de me lier d'amitié avec toi.

On peut toujours être amis même si j'ai un âge différent.

Je n'aime pas faire amitié avec des gens plus vieux. Et puis, on ne peut pas être vraiment ami avec sa mère.

Ah bon ?

Non. Fondamentalement, devenir adulte, c'est jouer à cache-cache avec sa mère et gagner, dit Nikolai.

Tous les enfants gagnent. Les mères ne savent pas chercher.

Mais toi, tu m'as trouvé.

Pas en tant que ta mère. Tu ne vois pas le panneau, là (même si je savais qu'il ne pouvait pas l'avoir vu – je l'avais accroché pendant que je discutais avec lui) : *Ne laisse pas chère mère nous trouver.*

Qu'est-ce que tu es, alors ?

Oh, un petit lapin qui se sauve, comme toi. Sinon comment se serait-on retrouvés ici ?

Ici, tandis que je regardais ma voisine s'en aller, tenant dans mes mains un paquet de cookies au chocolat tout juste sortis du four, c'était un lieu nommé nulle part. La règle est : quelque part demain et quelque part hier – mais jamais quelque part aujourd'hui.

Je n'étais ni la Reine Blanche, qui fixe la règle, ni Alice, qui refuse d'obéir à la règle. J'étais un parent ordinaire pleurant (*grieve*) la perte d'un enfant ordinaire emporté par une inexplicable tragédie. Cela faisait déjà trois clichés. Je pouvais mener ma propre guerre personnelle contre chacun d'entre eux. *Grieve* : du latin *gravare,* « alourdir », et *gravis,* « grave »,

« lourd ». Quelle mère considérerait comme un poids de vivre dans le vide laissé par un enfant ? Expliquer : du latin *ex* (« dé- ») + *plicare* (« plier »), « déplier ». Mais qualifier d'inexplicable le geste de Nikolai, c'était comme qualifier de perdu un oiseau migrateur se retrouvant sur un nouveau continent. Qui peut dire que l'oiseau vagabond n'a pas une bonne raison de modifier le cours de son vol ? Rien d'inexplicable à mes yeux – seule moi ne voulais pas expliquer : la tâche d'une mère est d'envelopper (*enfold*), pas de déplier (*unfold*).

Tragédie : pour le coup, voilà un mot inexplicable. Qu'était-ce qu'un chant du bouc, après tout, puisque tel est apparemment le sens premier du mot « tragédie » ?

Tu appellerais ça une tragédie, toi ? demandai-je à Nikolai. Dans l'intervalle entre ma discussion avec ma voisine et mon retour à cette page, je me rendis compte que le monde risquait de me prendre pour une détraquée.

Ce n'était pas le cas. Je faisais ce que j'avais toujours fait : écrire des histoires. Dans celle-ci, l'enfant Nikolai (qui n'était pas son vrai nom, mais un nom qu'il s'était donné, parmi tant d'autres) et sa chère mère se rencontrent dans un monde à l'espace-temps indéterminé. Ce n'était pas un monde de dieux ou d'esprits. Et ce n'était pas un monde rêvé par moi ; même mes rêves étaient prosaïques et enclavés dans le réel. C'était un monde créé par les mots, et par eux seuls. Pas d'images, pas de sons.

Tu appellerais ça une tragédie ? répondit-il.

Je dirais seulement que c'est triste. Tellement triste qu'il ne me reste pas d'autres adjectifs.

Les adjectifs, c'est mon péché mignon, dit-il.

Je sais. Tu vas peut-être devoir m'en fournir quelques-uns, dis-je. Quel mot, me demandai-je, allait-il trouver pour décrire mon *nulle part* ? Et je me rendis compte qu'il ne me donnerait aucun mot. Qu'importe la liberté que j'avais prise dans ce monde, je ne pourrais rien changer au fait que j'avais provoqué cette rencontre. Ce n'était pas lui qui avait choisi. Aussi était-il limité par mon pouvoir. Je n'avais d'autres mots que la tristesse.

Tu veux que je sois triste pour moi, aussi ? demanda Nikolai.

Je réfléchis à la question. Je ne connaissais pas la réponse.

Je ne suis pas aussi triste que tu le penses, dit-il. Plus maintenant.

Je n'avais pas besoin qu'il me le dise, mais est-ce que ce ne serait pas une bonne chose, mon enfant, si tu pouvais encore être triste comme je le suis, car ainsi tu ressentirais d'autres choses comme je les ressens ? Pourtant, ces mots, je ne les lui dis pas. Au lieu de ça, je lui racontai une histoire au sujet de la mère d'une de mes camarades de classe, au collège.

Cette femme avait grandi sur une île, en Indonésie. Un jour, après avoir grimpé tout en haut d'un cocotier pour y prendre une noix de coco et la donner à sa petite sœur, elle avait fait une chute. Elle n'était pas morte mais l'accident la laissa presque sourde. Plus tard, elle était devenue pianiste et enseigna dans un conservatoire. Il fallait lui crier à l'oreille pour qu'elle entende. Je ne l'avais jamais vue jouer du piano, ni enseigner. Comment elle pouvait faire et l'un, et l'autre, cela restait pour moi un mystère.

Beethoven était sourd, lui aussi, dit Nikolai.

Seulement à la fin de sa vie. Elle, elle était sourde depuis ses sept ans.

Est-ce que sa vie a été plus tragique que celle de Beethoven ?

Non, bien sûr que non, dis-je. Si je te raconte cette histoire, c'est que je me souviens maintenant qu'elle m'aimait beaucoup.

Pendant que je parlais, d'autres aspects de cette femme et de sa fille me revinrent en mémoire. C'était la première fois en trente ans que je repensais à elles. Mon amie était une jeune fille de seize ans, sauvage, rebelle, qui se coupait elle-même les cheveux un peu n'importe comment, aussi bien derrière que devant. Elle avait échoué à l'entrée de l'université et nos chemins s'étaient séparés. J'avais entendu dire qu'elle était devenue photographe freelance.

Sa mère aimait m'avoir près d'elle. Elle m'offrait des agrumes au sucre et du thé quand on allait chez elles en bande. Nous parlions rarement, mais nous nous souriions souvent. C'était une femme étrange, qui faisait une demi-tête de plus que sa fille, laquelle comptait pourtant parmi les plus grandes de notre classe. Elle faisait montre d'un silence impuissant devant sa fille, qui disait souvent en plaisantant que j'étais une compagne idéale pour sa mère.

Pas seulement pour elle, dis-je. À l'époque, il se trouve que j'étais appréciée de tous les parents de mes amis.

Moi, tous les parents de mes amis ne m'apprécient pas, répondit Nikolai non sans fierté.

Je sais. Je t'admire pour ça. N'empêche, ils te pleurent quand même.

Ça n'a pas d'importance, maintenant, dit-il.

Si ç'avait été moi à seize ans, la plupart des parents de mes amis y auraient vu une tragédie inexplicable. Mais savoir cela ne m'aurait pas rendu le monde moins triste. Je n'avais pas repensé à la mère de mon amie depuis des décennies. Hormis quelques éléments de sa vie et son sourire, je ne la connaissais pas du tout, et elle ne me connaissait pas du tout.

Tu dois avoir raison, dis-je. Mais quand même, j'aurais aimé que tu saches à quel point tu manques à beaucoup de gens.

Maman, dit Nikolai, d'une façon qui me fit presque pleurer. Maman, tu sais que c'est un cliché.

Et si la vie pouvait être sauvée par les clichés ? Et si la vie devait être vécue par les clichés ? Quelque part demain et quelque part hier – jamais quelque part aujourd'hui, sauf le royaume des clichés.

Tu m'avais promis que tu comprendrais, dit Nikolai.

Je lui avais promis de comprendre. J'avais promis d'autres choses encore : une maison dans les bois, une cuisine ensoleillée, des tas de nouvelles recettes, les droits de mes livres – quand tu seras morte, je veux les droits des livres que tu as écrits, mais seulement les bons, m'avait-il dit à l'âge de neuf ans. Pourtant, toutes ces promesses étaient aussi insuffisantes que l'amour, la promesse et l'amour étant deux piliers du royaume des clichés.

Ça ne change rien à ma tristesse, dis-je.

Mais si tu étais à ma place, tu ne voudrais pas que les gens soient toujours tristes.

J'ai failli être à ta place un jour, et c'est pour ça que je me suis permis d'inventer ce monde pour parler avec toi. On peut supporter la tristesse, mais elle est une garnison impuissante contre la cécité de la tragédie. Une mère et son enfant ne peuvent pas être contemporains, quel que soit l'âge, et pour cette raison même, celle que j'étais à seize ans ne pourrait pas se lier d'amitié avec toi. Chacun refusant d'être sauvé, jeunes nous ne pourrions pas nous sauver l'un l'autre. Plus vieille – et tu étais encore jeune –, j'étais la Reine Blanche qui installait le panneau. *Ne laisse pas chère mère nous trouver*. C'était toi le plus doué pour se cacher.

2

HARPONNÉE PAR LES JOURS

DORÉNAVANT NOUS AVONS nos propres règles, dis-je. C'est un pas vers quelque part, non ?

Je ne lui dis pas de quelle manière cela m'avait permis de respirer. La vie, si elle n'est pas vécue, est portée par des gestes automatiques, dont fait inévitablement partie la respiration. Une fois, à une fête, quelqu'un avait demandé quelles qualités chez les autres nous faisaient enrager. J'avais répondu l'imprécision.

Comme si on n'avait pas toujours vécu selon nos propres règles, dit Nikolai. Son ton, j'imaginais, devait être le même que le jour où il m'avait dit – après que j'eus évoqué ce que les autres mères penseraient de sa tenue, inappropriée pour un concert auquel il se rendait – tu n'en as rien à faire de ce que les autres pensent de toi.

Avons-nous toujours vécu selon nos propres règles ? Plus que par la question, pourtant, j'étais perturbée par le temps grammatical que nous utilisions. Des demandes avaient été faites, et des conseils donnés, concernant le temps que j'employais en parlant de Nikolai. Néanmoins, qu'est-ce qui rend *était* différent de *est, a été* de *sera* ? Ce monde que nous construisons est hors du temps ; son langage n'a pas de temps.

Les règles sont fixées pour être enfreintes, dit-il.

Les échéances (*deadlines*) sont fixées pour être manquées, dis-je. Autrefois le mot *deadline* (« ligne morte ») me fascinait, ce mot qui relie avec une telle implacabilité le temps, l'espace et la mort.

Les promesses sont faites pour ne pas être tenues, dit-il.

L'amour est fait pour ne pas durer, dis-je. Affirmation contestable, mais il préféra ne pas relever. L'amour était le mot que nous avions employé lors de son départ, lui sachant que c'était définitif, moi sentant que ce serait le cas. Mais entre sentir et savoir, il y avait sept heures et quatre États. Aujourd'hui seulement, j'ai réalisé que les gens, souvent, dans leurs lettres de condoléances, qualifiaient cette disparition d'incommensurable (*unfathomable*). La distance, au moment de la disparition, pouvait être calculée : 189 200 brasses (*fathoms*). (Qu'importe que la brasse ne soit plus utilisée pour mesurer la distance d'ici à là-bas ? Rendre obsolète, c'est laisser vieillir, chose dont la mort est exempte.)

Ce qui n'est pas clair, en revanche, c'est comment mesurer (*fathom*) le temps : entre un moment et… Est-ce que toujours peut constituer l'autre extrémité ?

Mais pourquoi est-ce que tu te tracasses avec tout ça si tu es convaincue que le temps ne s'applique plus à nous ? demanda Nikolai. L'omniscience allait de soi dans ce monde où nous nous rencontrions à présent, mais je ne laissais que lui y prétendre. Tu enfreins tes propres règles, dit-il.

Parce que le temps continue de me restreindre et de me dérouter, dis-je.

Pauvre de toi. Harponnée par le temps.

Harponner, dis-je. Je n'ai jamais utilisé ce mot dans mes textes.

Ne le prends pas mal, mais tu n'as pas un vocabulaire très riche.

Heureusement, mon esprit n'est pas limité par mon vocabulaire, dis-je. (Dans ma tête, mon ton était celui que j'avais employé le jour où Nikolai m'avait présentée à sa classe de maternelle : ma maman est une immigrée alors elle parle anglais avec un accent. Merci mon chéri, lui avais-je dit, mais je gagne quand même ma vie en écrivant en anglais.)

Il devint silencieux. Je compris. Qui a envie d'entendre sa mère se vanter ?

Moi aussi je devins silencieuse. Je me trouvais dans une rame de métro. Quelques semaines plus tôt, Nikolai m'avait demandé si c'était toujours aussi bruyant sous terre. Nous étions alors en route pour retrouver mon amie, comme aujourd'hui. Je ne peux pas vivre à New York, avait-il dit. Je ne peux pas me permettre de perdre l'ouïe.

Maintenant que je me rappelais ses paroles, je m'aperçus que je n'avais jamais prêté attention au bruit. Je me savais insensible aux couleurs – mais également aux sons ?

Comment ai-je pu vivre dans une telle cécité et une telle surdité ? dis-je. Peut-être avait-il appris des choses qui lui permettaient de me l'expliquer.

Il ne répondit pas. Il était en train d'espionner la conversation d'un homme et d'une femme qui se tenaient à côté de moi. J'avais raté le début. Ils parlaient d'un garçon qui s'était tué la semaine précédente, le fils d'une de leurs connaissances communes.

Dix-sept ans, disait l'homme. Tu te rends compte ?

Oh, mon Dieu, répondait la femme. J'ai appris ça dans le journal. Je me suis dit, Le petit-fils de quelqu'un.

Imagine être réveillé en pleine nuit par ce coup de téléphone, dit l'homme. Comment peut-on croire que c'est vrai ?

J'attendais que Nikolai dise quelque chose. Il ne défendrait pas cet autre garçon, ça je le savais. L'un et l'autre avaient leurs raisons d'avoir pris une décision qui ne paraissait similaire qu'aux yeux de ceux qui voulaient une explication. Mais je me demandai s'il dirait quelque chose d'intelligent, que la compassion et l'indifférence des gens sont comme deux mains qui se tordent à cause du désastre frappant un autre. Ou bien se moquerait-il d'eux à ma place ? Bien sûr que vous avez tout de suite su que c'est vrai, non ? dirait-il. Comment peut-on poser une question qui commence par ces mots idiots : *Comment peut-on.*

Mais il ne dit rien.

N'est-il pas étrange que la première pensée de cette femme ait été que ce garçon était le petit-fils de quelqu'un, dis-je après que l'homme et elle furent descendus de la rame.

Elle venait de rencontrer son premier petit-enfant, répondit Nikolai.

J'avais loupé cette partie-là. Nous entrâmes dans le tunnel. Je me demandais si le bruit le dérangeait encore.

Je t'entends très bien, dit-il.

Ah. Il y a une chose qui me tracasse. Je n'arrive pas à mettre la main sur tous les poèmes que tu as écrits.

Ou ceux que je vais écrire.

Bien vu, dis-je. Je lui expliquai que quelqu'un m'avait demandé si j'avais assez de poèmes de lui pour en faire des *chapbooks.*

Chap, ChapStick, chapman (« colporteur »), *chapbook*, dit-il. Tout ça me paraît petit. Comme si tu t'apprêtais à faire – comment disait-on autrefois – une miniature de mon esprit.

Combien j'aimais que son ambition et sa vanité demeurent aussi jeunes que lui. Ils seraient fabriqués à la main, comme ce que tu faisais en cours de reliure, dis-je.

Ces carnets comportent des pages vierges.

Tous les livres n'ont pas à être vierges, dis-je. Tout le monde est d'accord pour dire que tu es un poète magnifique.

Ha-ha. Tout ça parce qu'ils ont lu les gribouillis que je t'envoyais quand j'étais gamin ? dit-il. Vous ne comprenez pas la poésie.

Tu parles de moi, ta mère, ou du monde ?

Toi, ma maman, dit-il. Nikolai était peut-être la seule personne âgée de seize ans à encore parler de « sa maman ». Ne le prends pas mal, mais on ne peut pas faire confiance à tes goûts, ajouta-t-il.

Je ris. Il m'avait dit la même chose, un jour que nous étions dans une boutique d'Édimbourg, en train de lui choisir des écharpes en laine et en cachemire.

Maintenant, ces écharpes sont à moi, dis-je.

Comme un héritage inversé ?

Ça ne te dérange pas que je les porte ?

Je ne les ai jamais portées, donc elles ne sont pas encore à moi. Mais ça me dérange, dit-il, que toi ou quiconque lise ma poésie.

Je lui parlai d'une exposition consacrée à Philip Larkin que j'avais vue en Angleterre. Il y avait les couvertures des journaux intimes de Larkin, dont les pages avaient été retirées et brûlées dans une cheminée le lendemain de sa mort.

J'applaudis des deux mains autant que toi, dit Nikolai.

L'essentiel est d'avoir quelqu'un de confiance qui accepte de vivre plus longtemps, dis-je.

Mais je ne peux confier ma poésie à personne.

Je pensai aux gens sur Terre qui vivraient tous plus longtemps que lui. Ferais-je confiance à l'un d'eux ? Me ferais-je confiance à moi-même ?

Ce n'est pas ta faute, dit-il.

Si tu emploies faute au sens de crime, dis-je, en effet ce n'est pas ma faute. Mais à la racine, le mot signifiait « décevoir, tromper ».

Nikolai attendait que je poursuive. Il faisait rarement montre d'une telle patience quand il s'agissait de m'écouter.

Qui peut affirmer qu'aimer ne signifie pas aussi décevoir et tromper ? dis-je.

Ceux qui déçoivent ou qui trompent ne le font pas toujours par amour.

Ça, mon enfant, ça n'aide pas les parents, dis-je. Si dans la description du poste de parent, pensai-je, avait figuré l'obligation de décevoir et tromper, combien d'entre nous se seraient lancés avec une espérance dénuée de culpabilité ?

Ou une culpabilité dénuée d'espérance ? dit-il. Mais tu as décrété que dans ce monde nous n'obéissons pas aux règles qui lient enfants et parents.

La frontière entre l'aveuglement et la force de volonté est souvent brouillée, dis-je.

J'ai hérité les deux de toi, n'est-ce pas ? Ce n'est pas ta faute, pourtant.

La force de volonté faisait partie de ses qualités dont je me souviendrais. Quand il était en huitième, il avait eu du mal à dormir. Plus tard il me raconta, à l'occasion d'une dispute, que tout ce que nous lui avions alors conseillé ne l'avait guère aidé. J'allais au lit à 21 heures, disait-il, j'obligeais mon corps à rester immobile et mon cerveau à cesser de réfléchir. C'est comme ça que j'ai réglé mon insomnie, et ce sera toujours comme ça que je réglerai mes problèmes. Je ne peux faire confiance à personne d'autre qu'à ma force de volonté.

La frontière entre la force de volonté et l'arrogance aussi est brouillée, dis-je.

Malheureusement, il en sera toujours ainsi. Donne à la volonté un peu de force, elle devient aveugle. De même que les gens qui ont de la force deviennent si enflés d'eux-mêmes qu'ils ne voient plus leurs pieds.

Mais alors, quand est-ce que la force de volonté voit ?

La force de volonté n'a pas d'yeux pour voir, dit-il. En revanche, la tiédeur a des yeux, elle. Trop. Comme Argos.

Nikolai aimait me qualifier de tiède (*wishy-washy*) parce qu'il aimait la sonorité du mot.

On ne peut donc pas laisser la force de volonté nous guider, dis-je.

On ne peut pas, dit-il.

Mais comment vivre autrement que par la force de volonté, quand jour après jour après jour un enfant se cache ? Je lui lus une strophe d'un poème de Larkin :

À quoi servent les jours ?
Les jours sont là où vivre.
Ils viennent, ils nous réveillent
À longueur de temps.
Ils sont là pour y être heureux.
Où vivrait-on hors les jours ?

Les jours ne sont pas le seul endroit où vivre, dit Nikolai.

Le temps n'est pas le seul endroit où vivre, dis-je. Les jours le sont.

Je n'ai pas besoin d'avoir des jours pour vivre, désormais.

Et pourtant il me faut vivre dans les jours.

Je suis navré, dit-il.

Les jours : notre bien le plus simple, n'exigeant qu'une participation automatique. Les jours qu'il avait refusés viendraient, l'un après l'autre. Ni mes amis, ni mes ennemis, ils attendraient, à chaque lever du jour, avec leur patience et leur indifférence infinies, de voir s'ils pourraient me transformer en une amie ou une ennemie de moi-même.

Ne t'excuse jamais, dis-je, de ce à quoi tu as renoncé.

3

LES EMPIÉTEURS

J'ESSAIE DE RETROUVER le poème d'Elizabeth Bishop, dis-je. Tu te souviens, celui sur lequel tu avais écrit ?

Je ne m'en souviens pas.

La première semaine, en sixième. Tu racontais comment, grâce à ce poème, tu t'étais rendu compte que la mémoire transformait pour toi les lieux où nous avions voyagé en des couleurs différentes.

Gris violacé pour la Croatie, dit-il.

Oui !

Or et argent pour Paris.

Un drôle de choix pour Berlin, dis-je. Et un choix encore plus bizarre pour Pékin. C'étaient quelles couleurs, déjà ?

Je ne me rappelle plus.

Quel était ce poème ?

Je ne me rappelle pas non plus.

Quelles sont maintenant les règles de la connaissance et du souvenir pour lui ? Cela faisait des semaines que je relisais les poèmes de Bishop, mais aucun ne me semblait être le bon. Ne pouvait-il pas donner le nom de ce poème, pensai-je, désenchaîné qu'il était de la mémoire ?

Désenchaîné. Tu n'as pas choisi le bon mot.

Je vérifiai. Il avait un dictionnaire dans la tête.

Si la mémoire était une chaîne, dit-il, bien des gens m'envieraient.

Pourquoi ?

Chaque jour qu'ils vivent rend la chaîne encore plus infrangible que la veille.

Et si, pensai-je, c'était une nécessité de l'existence ?

Malgré tout, dis-je, n'es-tu pas capable de connaître le poème même si tu ne te souviens pas ?

Ça ne marche pas comme tu l'imaginais.

Pourquoi donc ?

Quelque chose dans le passé, dit-il, et très spécifique. Non, la connaissance n'est pas liée à ça.

En d'autres termes, l'omniscience ne s'applique pas rétrospectivement, dis-je. Je devais sans cesse me retenir de préciser : là où tu es.

Les dilemmes sont ubiquistes, dit-il, où que tu sois.

Di-lemmes : deux propositions. L'omniscience et la mémoire : l'une et l'autre contestables.

Si on doit choisir ? demandai-je.

La mémoire est comme la couleur des yeux, dit-il. On l'a pour toujours.

Pourtant, pensai-je, on peut choisir de fermer les yeux.

Ça ne change rien à leur couleur, dit-il. L'omniscience est comme le talent de la poésie. Tout le monde ne naît pas avec.

On ne peut pas l'acquérir ?

Tu sais écrire de la poésie ?

Je réfléchis intensément à la question. Non, concédai-je. Mais j'aime utiliser des narrateurs omniscients dans la fiction.

Ha. Ça me fait penser à mes amis qui, aux ventes de gâteaux, apportent des biscuits achetés en magasin.

Je me sens injustement jugée, dis-je.

Il y a une perfection dans l'omniscience que tu ne possèdes pas et que tu ne comprends pas, dit-il.

Ou je ne crois pas en la perfection ?

C'est paresseux de ta part de dire que tu ne crois pas en quelque chose que tu ne comprends pas, dit-il.

Je pensai aux choses que je ne comprenais pas. Ces derniers temps, elles me ramenaient souvent à Nikolai. Avant le lever du jour, je m'étais rappelé une chansonnette qu'il avait écrite quand il avait six ans, et son petit frère, J., trois. Ils la chantaient en duo quand ils prenaient le bain ensemble :

Petit poisson insouciant
  Petit poisson insouciant
Petit poisson bouteille à la mer
  Petit poisson bouteille à la mer
Petit poisson canard en plastique
  Petit poisson canard en plastique

Tu sais que ça ne voulait rien dire, pas vrai ? demanda Nikolai. Je l'avais inventée pour nous amuser, parce que tu ne nous sortais jamais du bain à temps.

Comment saurais-je qu'elle ne voulait rien dire, pensai-je, quand le rien et le quelque chose semblent à présent marcher main dans la main, vrais jumeaux ayant troqué leurs habits ? À force de tourner dans ma tête, cette chansonnette en était devenue indéchiffrable. Tout ce qui était indéchiffrable me semblait posséder une logique interne.

Même si ça veut dire quelque chose, pourquoi ne pas transformer ce quelque chose en rien ? dit-il.

Comment ça ?

Oh, je croyais que les adultes étaient forts pour ça. Si quelqu'un te demande : Il y a quelque chose qui ne va pas ? Pour être polie et attentionnée, tu devrais répondre : Merci de me poser la question, mais tout va bien. Tu ne dis pas : Merci de me poser la question, mais rien ne va. Les gens s'affoleraient si tu répondais ça. Et s'ils s'affolaient, que dirais-tu ? Oh, je vous en supplie, ne vous inquiétez pas, même si rien ne va, rien ne vient, non plus.

Tu me fais tourner la tête, me plaignis-je. Je suis obligé de noter tes phrases pour les comprendre.

Tu joues l'idiote, comme les profs d'anglais qui nous demandent toujours de trouver les métaphores dans le texte.

La vie ne se vit pas dans les métaphores : nous dîmes cette phrase en même temps. La première fois qu'il l'avait entendue, c'était le jour où il avait dû assister à mon cours pendant cinq heures. Il avait quatre ans. Couché sous une grande table, il n'avait pas arrêté de rouler, lentement, d'une extrémité à l'autre, et rebelote. Le lendemain, il m'avait reproché d'avoir été méchante lorsque j'avais dit, Parfois une histoire n'a aucun défaut, sinon d'être ennuyeuse.

Quand tu as inventé cette chansonnette, est-ce que tu avais un canard ou un poisson en plastique dans la baignoire ? demandai-je. Ou les deux ?

Ni l'un ni l'autre. Comment peux-tu laisser ton imagination être aussi limitée ?

Ce n'est pas l'imagination, dis-je, mais on veut s'assurer que le détail est juste.

Pourquoi est-ce que c'est si important ?

C'est vrai, pensai-je. Juste ou pas juste, la chansonnette m'avait maintenue éveillée, mais avec la peur de me lever et d'affronter le jour.

Tu te rappelles ce que tu me disais tout le temps ? demanda Nikolai. La proportion, la proportion, la proportion.

Je lui disais également, La patience, la patience, la patience. La perspective, la perspective, la perspective.

Un chasseur sachant chasser doit savoir chasser sans son chien, dit-il.

Je ris. J'étais toujours impressionnée qu'il arrive à prononcer une phrase aussi vite qu'il est humainement possible.

Aussi vite qu'il est inhumainement possible. C'est plutôt en ces termes que tu devrais réfléchir, maintenant.

Évidemment que non.

Pourquoi pas, toi qui es si à cheval sur la précision ? Un adverbe mal employé est pire qu'un adverbe, dit-il.

Avant, je supprimais les adverbes de ses textes. Que nos disputes continuent, je m'y étais attendue. Mais à cause des adverbes ? Oh, s'il te plaît, dis-je.

Très bien.

J'entends simplement par là que nous avons tellement de choses à nous dire, au lieu de nous chamailler.

Tellement de choses, tu en es sûre ?

Suis-je présomptueuse de penser que notre conversation n'a pas été interrompue malgré le côté capricieux de la vie ? Ce que nous avons est plus capricieux que la vie. La moindre perturbation l'éparpillerait – et de quoi s'agit-il, n'importe comment ? Ce n'est pas rêver, ni halluciner, ni fuir ensemble, ni fuir chacun de son côté, mais se rentrer constamment dedans. Trouver une manière d'être quand il est difficile, et impossible, d'être – l'est-ce pour lui, aussi ?

Je suis désolée. Je ne voulais pas t'isoler, dis-je.

Il resta silencieux. J'avais commis une erreur. Même se disputer pour le plaisir de la dispute était préférable à un silence de mort.

Qu'y a-t-il de disproportionné en moi maintenant ? dis-je, essayant de regagner son attention. Mais il ne répondit pas. Est-ce ainsi qu'une mère perd son enfant ? Est-ce ainsi que quelqu'un perd quelqu'un d'autre, en ne comprenant pas la perfidie des mots, ou pire, en pensant qu'on peut la vaincre par la précision ? Le silence est la meilleure défense et la meilleure offense. Que se passe-t-il quand on riposte au silence par le silence, tel le forgeron, dans la légende chinoise, qui se targue d'avoir fabriqué et l'armure la plus solide, capable de résister à la lance la plus puissante, et la lance la plus puissante, capable de percer l'armure la plus solide ? Nous serions tous deux à jamais silencieux.

Tu vois comme tu laisses ton esprit être transporté au mauvais endroit, dit-il.

J'étais soulagée. Comment ça ?

Est-ce que tu m'aurais trouvé si j'avais décidé de rester hors de ta portée ? Aurais-tu entendu un mot de ma bouche si j'avais décidé que ne rien dire me convenait très bien ?

C'est vrai, répondis-je.

Mais tu préfères rester une dégonflée.

Une mère comme moi, voulus-je protester, est loin d'être une dégonflée. Pourtant, la seule chose à laquelle je pensai était le dernier volume du *Journal d'un dégonflé,* qu'il ne lirait jamais. Nikolai n'en avait plus du tout l'âge, mais il avait fait remarquer un jour que grandir avec une série de livres donnait l'obligation de toujours lire le volume suivant.

Tu vois ? fit-il. Plus jamais. Chaque fois que tu penses, tu termines ta pensée par cette phrase. Mais où est la tragédie si ça n'arrive plus jamais ?

Rien ne peut être qualifié de tragédie, maintenant, pensai-je. Si chaque instant est le rappel de rideau de l'instant précédent, alors oui, on peut lever les mains au ciel et dire, Où est la tragédie ? Où est le paroxysme de cette pièce ? Mais les tragédies et les paroxysmes ne forment qu'un aspirateur du temps. Ce sont les petits drames et les drames de rien du tout qui brisent le temps en morceaux. Les journées, jonchées d'instants attendus et inattendus, n'offraient pas un raccourci en disant, Où est la tragédie ? La veille, j'étais en train de ranger ses affaires en vue de notre déménagement dans une nouvelle maison. Parmi elles, il y avait un tee-shirt blanc trop grand sur lequel figurait le titre du *Dégonflé* en norvégien. Je le lui avais rapporté d'une visite chez un éditeur à Oslo et pendant plusieurs années il l'avait porté comme un haut de pyjama. En rangeant, je n'avais pas prêté attention à ce tee-shirt, car il y en avait d'autres, plus marquants, plus riches en bonnes histoires à raconter. À présent, ce tee-shirt avait retrouvé sa place pour raconter sa propre histoire. Tous les après-midi j'attendais au milieu d'un pâté de maisons, où j'avais eu l'habitude d'attendre que Nikolai et son frère arrivent dans deux directions opposées. Certains jours, rares, je me sentais assez disciplinée pour ne regarder que dans une seule direction. Les autres jours, je me retournais. Me retourner n'était pas une erreur, car aucune leçon ne pouvait être apprise. Me retourner engendrait toujours une certaine confusion dans mes pensées : Il n'y avait pas de raison que la rue bordée d'arbres ne me ramène pas Nikolai, aussi tranquille qu'un héron cendré.

Tu vois, maintenant tu penses comme tout le monde : Comment peut-on...

Comment peut-on – dis-je – quoi ?

Comment peut-on croire qu'un jour il était là et le lendemain il n'était plus là ?

Pourtant, comment peut-on, pensai-je. Comment peut-on savoir un fait sans l'accepter ? Comment peut-on accepter le choix d'une personne sans le contester ? Comment peut-on contester sans atteindre une voie sans issue ? Jusqu'où faut-il chercher avant de trouver une autre issue derrière la voie sans issue ? Et s'il y a une autre issue derrière la voie sans issue, on ne peut pas qualifier de sans issue, si ?

Qu'est-ce que tu es forte, dit Nikolai, pour t'embrouiller toute seule.

Brouillée, troublée, embrouillée, dis-je. Chaque fois que tu prononces une phrase, je suis obligée de consulter le dictionnaire. Chaque mot possède dix significations supplémentaires que j'ai loupées.

Personne ne dit que tu dois connaître toutes les définitions.

Et si on ne pouvait trouver du sens qu'avec ces définitions manquantes ?

La plupart des gens ne s'embêtent pas avec ces choses-là, tu sais.

La plupart – dis-je, puis, pour moins généraliser, je rectifiai – beaucoup de gens n'ont pas à aller à cette extrémité, comme je le fais, pour ne pas perdre quelqu'un. Je pensai à ce que les gens expliquent, qu'il existe des moyens pour maintenir les morts en vie, que c'est notre amour et notre mémoire qui les portent avec nous. Mais cela suffisait-il à Nikolai ? Tout moyen plus accessoire le ferait seulement disparaître encore.

Il avait damé le pion à bien des gens. Il n'y avait pas de raison qu'il ne le refasse pas.

Pour moi, ça ressemble à de l'empiètement, dit Nikolai.

Moi, j'empiéterais sur ta vie ? demandai-je. La veille, j'avais décoré une des chambres de la nouvelle maison, que nous appelions la chambre de Nikolai, avec une pancarte qu'il avait fabriquée pour sa propre chambre dans notre ancienne maison de Californie. RESTEZ DEHORS.

Et la partie de ton cerveau dans laquelle tu ne devrais pas entrer, dit-il.

Doit-on rester hors d'une partie de son propre cerveau ?

Si tu ne veux pas avoir le cerveau complètement à l'envers, dit-il.

Est-ce que toi, tu restes loin de l'endroit où tu ne devrais pas être dans ton cerveau ?

Tu veux dire : Maintenant, ou avant ?

Ça ne change rien, dis-je.

Si je suis celui qui empiète sur mon propre cerveau, je me suis racheté, dit-il.

Alors je me rachèterai aussi.

N'empiète pas, pour commencer, dit-il.

Trop tard. Aimer, c'est empiéter.

Vivre, aussi, dit-il. Comment peut-on ne pas le voir ainsi ?

4

PUIS LE BOUTON S'EST DÉFAIT

MA FOI TU ES BIEN SILENCIEUSE, dit Nikolai.

C'était vrai. Je n'arrivais toujours pas à trouver les mots.

La journée a été mauvaise ? demanda-t-il.

Je me rendis alors compte que les règles de ce monde n'étaient pas toutes claires pour moi. Allait-il partout où j'allais ? Voyait-il tout ce que je voyais ?

Pas vraiment, dit-il. Pas toujours.

Même l'omniscience a ses limites, pensai-je. Donc ta capacité à lire dans mes pensées ne va pas jusqu'à voir le monde physique que je parcours, dis-je.

Ça dépend.

De quoi ?

De mon humeur.

Où es-tu quand tu n'es pas d'humeur à être ici ? demandai-je.

Ici ? Quel ici ?

Je veux dire, quand tu n'es pas d'humeur à discuter avec moi.

Mais ça non plus, ce n'était pas précis.

Tu n'as pas à le savoir, dit-il.

Je venais de passer en voiture devant le croisement entre F. Street et M. Street, où je le déposais le matin.

Je le lui dis. Sans le vouloir, précisai-je. J'ai dû faire un détour imprévu.

Là où je t'ai vue pour la dernière fois, dit-il.

C'est moi qui devrais dire ça, pensai-je.

Moi aussi, dit-il.

Ah, te voilà redevenue silencieuse, dit-il après une longue pause.

Certaines choses sont toujours plus dures pour moi que pour toi, dis-je.

Par exemple ?

Je pensais aux huit heures écoulées entre le moment où je l'avais déposé au carrefour et celui de sa mort. Huit heures, c'est long. Ce qui s'était passé entre les deux, je ne le saurais jamais.

C'est peut-être la chose la moins importante à savoir ? dit-il.

Combien de tranches de huit heures peuvent constituer une vie ? J'avais connu Nikolai pendant seize ans et vingt-deux jours. Je l'avais aimé plus longtemps encore. Quand il était bébé, je travaillais dans un hôpital, et pendant toute la durée d'une journée de travail, soit plus de huit heures, il refusait de boire la moindre goutte au biberon. Ensuite, une fois la journée terminée, il me tétait toutes les heures jusqu'au lendemain matin. Un bébé de six semaines ou un garçon de seize ans, inflexible jusqu'à atteindre une intrépidité extravagante.

Malgré tout, dis-je, ça reste huit heures, quelque chose que tu sais et que je ne sais pas.

Moi non plus, la plupart du temps, je ne sais pas ce que tu fais de tes journées, dit-il.

Ma façon de ne pas savoir est différente.

Ne pas savoir, c'est ne pas savoir, dit-il.

Et ne pas savoir doit être proche de ce que les gens appellent une blessure. Avec la blessure viennent des mots tels que guérison et cicatrices. Ce sont toutes de mauvaises comparaisons, la base du vœu pieux. Peut-on vivre, pensai-je, avec une conclusion si inexorablement non concluante ?

La question, dit-il, devrait plutôt être : le veut-on ?

Je me rappelai une histoire qu'il avait écrite au collège, une histoire dont le héros était un garçon de cinq ans prénommé Nikolai. Déracinés par la révolution de 1917, sa mère et lui fuient Saint-Pétersbourg en compagnie de sa nounou. Elles lui font porter un manteau neuf, mais aucune des deux femmes ne parle pendant qu'elles attendent que le train quitte la gare.

Il aimait m'en montrer une ou deux pages quand il avait fini de les écrire. Je ne savais pas, à l'époque, ce qui l'avait poussé à écrire cette histoire. Nikolai – le petit garçon de son histoire, le petit garçon en route vers l'inconnu – restait assis dans la voiture du train et n'arrêtait pas de tripoter un bouton en cuivre luisant sur son manteau. Sa nounou lui disait de ne pas le faire, et la mère restait silencieuse.

« Puis le bouton s'est défait, et le manteau n'était plus neuf. »

Je me rappelais le frisson qui m'avait parcouru en lisant cette phrase. Je me rappelais lui avoir dit qu'une phrase pareille, s'il décidait de devenir écrivain, l'emmènerait très loin. Il avait alors douze ans, il n'avait pas une grande confiance en mes mots. Il m'avait répondu qu'il ne pourrait jamais écrire une phrase aussi parfaite qu'il le voulait. Mon admiration ne faisait que le déprimer davantage.

Mais c'est la vérité, dit-il à présent. La perfection est ma seule manière de vivre.

Puis le bouton s'est défait, et le manteau n'était plus neuf.

Nikolai – dis-je –, je parle du petit garçon de l'histoire, il aurait eu cent cinq ans cette année.

Il est mort, dit-il. Au cas où ce ne serait pas évident.

Quand est-il mort ? demandai-je. Je n'avais jamais vu la fin de l'histoire.

Je ne l'ai pas terminée, dit-il. Mais j'imagine qu'il n'a pas vécu plus de douze ou treize ans.

Ce n'était pas la première fois qu'un garçon mourait dans ses histoires. En huitième, un projet de l'école avait donné lieu à un message inquiet de la part de l'institutrice et à des interrogations chez certains parents avec qui j'avais sympathisé.

Ce ne sont que des histoires, dit-il. Tu en écris, toi, des histoires. Tu inventes des choses, même en ce moment.

Parfois ce qu'on invente est plus réel que le réel, pensai-je.

Le dictionnaire ne serait pas d'accord avec ta phrase, dit-il.

Je cherchai. Réel, du mot *res*, « fait », « chose », et *realis*, « relatif aux choses. »

Ce qu'on invente est toujours une irréalité, dit-il. Relatif aux non-choses (*nothings*).

D'accord.

Ne te sens pas découragée parce que tu as perdu une dispute, dit Nikolai. Tu as noté des changements là-bas ?

Où ça ?

Le coin qui te rend triste.

Il y a beaucoup plus de feuilles mortes, dis-je.

Il y avait déjà beaucoup de feuilles mortes à l'époque.

Je n'avais pas besoin qu'il me le rappelle. Je les avais vues, les feuilles par terre, un matin qui n'était pas encore l'automne, et je l'avais vu, lui, sauter par-dessus un tas de feuilles, s'éloignant. À compter de ce jour, j'avais regardé les arbres perdre leurs feuilles pendant des semaines, mais ça ne semblait jamais s'arrêter. Il n'y a que dans une nouvelle de O. Henry que la dernière feuille prend un sens existentiel. Il n'y a que dans une nouvelle d'O. Henry que tout prend une tournure poétique, tragique. En vérité, les feuilles sont toujours en train de tomber. Au bout d'un moment, elles se ressemblent toutes, celles qui frémissent au vent et celles qui tourbillonnent avant d'être enlevées par les souffleuses et les tondeuses.

Les souffleuses et les tondeuses, dit Nikolai. Il va falloir que tu travailles un peu plus si tu veux apprendre à faire des rimes.

Je me rendis compte qu'il était bel et bien incapable de voir le monde physique dans lequel je me trouvais. Les feuilles et les rituels de ramassage des feuilles lui étaient abstraits – depuis ses trois ans, il n'avait pas vécu dans un endroit où tombent autant de feuilles en une seule saison. Quoi d'autre, qui eût été simplement nouveau, devenait-il surnaturel à ses yeux ? La neige et les jours de neige, la glace sous les avant-toits, les crocus que nous avions projeté de planter ensemble fleurissant en février, un cardinal tapant à la fenêtre avec sa tête et son bec – était-ce par affection ou par animosité devant son propre reflet que l'oiseau rouge persistait ? Nikolai n'avait vu que des geais de Steller près de notre ancienne maison. C'étaient des oiseaux sûrs d'eux, bruyants, attachés à leur territoire, toujours en guerre contre les écureuils.

Depuis quand est-ce que tu parles de la nature ? demanda Nikolai. Et de toutes ces petites choses.

Vers où se tourner ailleurs que la nature, pensai-je, si l'on a besoin de détails inépuisables pour se soutenir. La nature n'est pas petite, dis-je.

Elle ne t'intéressait pas tant que ça.

Je savais qu'il avait raison. Le pays que j'avais parcouru : plus il est intangible, moins on se sent empêché, et plus on se sent invisible.

Quand même, dis-je, j'ai été attentive.

L'attention motivée par le désintérêt ou l'indifférence, dit-il, est pire que l'inattention.

Bien vu.

Tu ne sais pas regarder et voir.

Regarder, oui, dis-je. Mais voir ? Il doit bien y avoir une différence entre les deux. Certaines personnes peuvent regarder, regarder, regarder, regarder, sans rien voir du tout.

Mais tu prétends l'inverse : voir sans avoir à regarder.

Cela me fit réfléchir. La veille, j'avais vu une nuée d'oiseaux s'envoler d'un champ vers un ciel nuageux du nord. Avais-je déjà vu cette scène ? Plein de fois. Je possédais même une photo, un tirage argentique offert par une photographe. Je possédais son livre, aussi, avec la même image en couverture, une nuée d'étourneaux saisis en plein vol. J'avais tout vu, les oiseaux, le ciel, le champ, les nuages, les poteaux électriques, mais je n'avais fait aucun effort pour regarder.

Voir se fait par intuition. Ça prend moins de temps que regarder, dis-je.

Comme c'est ridicule.

Je ne fais qu'énoncer un fait me concernant.

Tu ne peux pas comprendre la poésie si tu ne sais pas regarder, dit-il.

Je suis d'accord avec toi, dis-je. Ces derniers temps je lis de la poésie. Tu ne trouves pas ça intéressant que je commence à comprendre la poésie au moment où je commence à apprendre à regarder ?

Il n'y a que toi pour trouver ça intéressant. C'est comme si quelqu'un disait : C'est seulement aujourd'hui que je découvre que manger n'est pas une corvée.

Je ris. Fut un temps où j'étais une cuisinière négligente. Quand Nikolai avait commencé à faire des gâteaux, j'avais abandonné tout esprit d'abstraction pendant que je faisais la cuisine. Je pensais que manger était une corvée, me dit-il par la suite. Maintenant tu cuisines tellement bien que je comprends pourquoi les gens aiment manger.

Je suis assez crétine, dis-je. Abrutie, tu comprends.

Crétine et abrutie étaient les adjectifs favoris de Nikolai et de son frère pour me décrire.

Tu le penses vraiment ?

Pourquoi pas ? dis-je.

Qu'est-ce que j'ai toujours détesté ton hypocrisie, dit-il.

Ah. J'étais décontenancée. Je m'étonnais d'avoir oublié ceci : Il me traitait souvent d'hypocrite quand il était en colère après moi. Je ne lui avais jamais demandé ce qu'il entendait par là.

Tu joues un numéro tellement énervant, dit-il.

Ah. Quel genre de numéro ?

À jouer la crétine et l'abrutie.

Et si je l'étais vraiment ? Je t'ai déjà expliqué, n'est-ce pas, que le personnage qui me ressemble le plus est Winnie l'Ourson.

C'est ce qui s'appelle un vœu pieux, dit-il.

Quel mal y a-t-il, dis-je, à jouer les lentes et les idiotes si cela incite les gens à regarder ailleurs ? Et même, s'ils regardent, ils ne peuvent pas me voir, ou seulement comme un ours triste doté d'un tout petit cerveau.

Quel mal y a-t-il à être affûté et brillant ? dit Nikolai.

Le monde ne se lasse jamais de ternir le brillant et d'émousser l'affûté, dis-je. Il est bon d'éviter les souffrances quand on le peut.

Donc tu joues une version imbécile de toi-même, dit-il. Est-ce que tu en souffres moins pour autant ?

Souffrir, pensai-je, était un mot qui n'avait plus de définition dans mon dictionnaire.

Mais toi, dis-je, tu souffres davantage parce que tu insistes pour être brillant et affûté.

Je souffre davantage parce que tu veux faire ce que fait le monde, ternir le brillant et émousser l'affûté.

Ah, répondit Nikolai après un long silence, te voilà redevenue silencieuse.

Tout ce que je dirai donnera l'impression que je suis sur la défensive, dis-je.

Dis-le quand même.

Si j'avais eu ton âge et si j'avais été ton amie, j'aurais été brillante et affûtée avec toi. Et j'aurais sincèrement aimé que nous soyons amis. Je t'aime infiniment, mais je ne peux t'aimer qu'en tant que mère. Il arrive qu'une mère devienne la pire ennemie, faute de pouvoir être la meilleure amie.

Moi aussi, je t'aime infiniment, dit-il. Je regrette de t'avoir blessée.

Oh. Je ne dirais pas du tout ça. Ce qui blesse, c'est la vie.

Et ça ne fonctionne pas quand tu joues les crétines et les abruties avec la vie, si ?

Non, dis-je. Elle émousse l'affûté et le terne tout autant ; elle obscurcit le brillant mais ne fait que rendre l'obscur plus obscur.

Pas besoin de jouer un numéro, donc ?

Plus besoin, dis-je.

5

CATCHERS IN THE RAIN

LE TEMPS QU'IL FAIT AUJOURD'HUI, dis-je, tu l'aimerais beaucoup.

Y avait-il encore pour lui un temps météorologique ? Le ressentait-il encore ? Ça n'avait pas d'importance. Nous parlions souvent du temps qu'il faisait, avant, mais pas pour ne rien dire, comme on le prétendait trop simplement. Tout ce que nous possédions continuerait d'être à nous.

Pluvieux ? dit Nikolai.

Et gris, et froid. Morose.

Précisément le temps que j'adore. J'aurais souhaité pouvoir faire un gâteau.

Une tarte au potiron serait parfaite, dis-je. Je ne voulais pas m'interrompre, au cas où lui et moi remarquerions qu'il avait choisi le mot « souhaiter ». « Souhaiter, c'était espérer et espérer c'était compter sur l'événement. » Je lui avais montré un jour la phrase dont s'était servie Jane Austen pour décrire la folie de deux femmes.

Une tarte au potiron ? Trop prosaïque, dit-il. Je préférerais faire un *mochi* au potiron.

On dirait un haïku, dis-je. J'avais oublié le *mochi* au potiron, que certains de ses amis, me rappelais-je maintenant qu'il m'en parlait, avaient regardé d'abord avec méfiance et fini par adorer. Faire des gâteaux représentait un triomphe dans la vie de Nikolai quand le résultat en était partagé avec ses amis. Peu importe le nombre de fournées de cookies et de brownies, le nombre de tartes et de gâteaux qu'il avait faits, quelqu'un demandait toujours du rabiot. Beaucoup de ses amis m'avaient écrit, et tous avaient évoqué ses gâteaux. Les enfants ont faim les jours d'école, pensai-je.

Comme c'est paternaliste, dit-il.

Oh, uniquement parce que je viens de faire un cours sur une histoire dont j'ai aimé le titre : « Les enfants s'ennuient les dimanches. »

Les enfants détestent qu'on les appelle des enfants, dit-il. En plus, ça n'a rien à voir avec la faim. Le bonheur de faire des gâteaux et le bonheur d'avoir des gâteaux faits pour soi – tu ne comprendras jamais.

J'avais depuis longtemps banni certains mots de mon dictionnaire : jamais, toujours, définitivement, mots qui mettent au même niveau tel jour et tel autre, tel moment et tel autre. Le temps est capricieux. Dire jamais, ou toujours, ou définitivement, c'est une manière puérile de raisonner le caprice.

Très bien, dit Nikolai. Tu ne fais pas l'effort de comprendre – qu'est-ce que tu dis de ça ? C'est assez bien pour toi ?

Avant, je devenais nerveuse les jours où il faisait des gâteaux. La perfection était rarement atteinte. Parfois, je lui avais suggéré que cuisiner ferait un meilleur passe-temps – plus indulgent. Il avait souligné, à juste titre, qu'il ne pouvait en aucun cas apporter à son cours d'anglais, où on lisait Wilfried Owen ou W. S. Mervin, un plat qui avait dû reposer toute la nuit.

Quelqu'un vient de m'envoyer un poème de Merwin, dis-je. Depuis la mort de Nikolai, je demandais aux gens de m'envoyer des poèmes. Ils m'arrivaient tels des oiseaux venus de pays différents, chacun porteur de ses propres messages endeuillés.

Et ?

Je me demandai s'il aimait encore la poésie.

Les adultes font tout le temps la même erreur, dit-il. Tu aimes W. S. Merwin ? Quelle coïncidence – je viens juste de lire un poème de lui. Tu es allé en Chine l'été dernier ? Moi aussi, en 1987. Tu joues d'un instrument ? Du hautbois, comme c'est intéressant ! Est-ce que c'est celui qui ressemble à l'autre ? Ah oui, la clarinette ! Comme c'est merveilleux que tu voies exactement de quoi je veux parler.

Nikolai n'aimait pas les gens qui confondaient hautbois et clarinette. Ne pas savoir n'est pas un problème, avait-il dit un jour, c'est faire semblant de savoir qui en est un. Et si je répondais en disant, Comme c'est intéressant, Monsieur, vous devez sans doute vous appeler Jones, ou Smith, parce que vous aussi vous avez une tête et quatre membres.

Je ris. Toujours aussi critique, dis-je.

Autrefois j'avais peur de devenir comme toi quand je serais grand, dit-il. Je me jurais de ne jamais oublier ce que cela faisait d'être un enfant.

Quand tu dis toi, c'est moi, ta mère, ou tous les adultes ?

Les adultes en tant qu'espèce, dit-il. Tu vaux mieux que la plupart des autres.

Merci.

Ça ne te rend pas fondamentalement différente.

Tout aussi décevante ?

Ne le prends pas mal, mais oui.

Je me rappelais que ma mère disait tout le temps : Le sel qu'un père ou une mère a mangé pèse plus lourd que le riz qu'un enfant a mangé. Ayant vécu plus longtemps… dis-je, sans savoir où me menaient mes pensées.

Ça n'a pas grande importance au bout du compte.

J'en conviens, dis-je. La veille, j'avais écouté une chanson – Nikolai avait sauvegardé toute sa musique sur mon téléphone, de quoi durer plusieurs jours. *Can't you see I want my life to be something more than long/ Ne vois-tu pas que je veux que ma vie soit autre chose que longue,* chantai-je.

Il t'arrive d'être pertinente, dit-il.

C'était idiot comme ce petit compliment me rendait heureuse. Nous avons déménagé, dis-je, abordant le sujet dont je n'avais pas su comment le lui annoncer. La semaine précédente, nous avions quitté la maison que nous louions temporairement pour une autre, dont Nikolai était tombé amoureux. Tout est bien, sauf que tu nous manques beaucoup, dis-je.

Il ne répondit pas. Je m'aperçus que notre échange, si obstinément poursuivi fût-il, n'était que mots. Aurait-il versé des larmes pour nous que je ne l'aurais pas su. Les larmes que nous versions seraient pour lui pareilles au temps qu'il faisait, intelligibles parce que c'étaient des souvenirs concrets.

La cuisine est entièrement installée et équipée, dis-je. Elle est lumineuse et chaude. Elle a le genre de four que tu aimes. Je devrais peut-être commencer à apprendre à faire des gâteaux.

C'est bien, dit-il.

Je n'arrivais pas à savoir s'il était agacé, ou lassé, ou triste, ou fâché. Les tons, voilà ce qui manquait désormais. Sans eux, les mots flottaient, dépourvus de gravité, passant à côté les uns des autres ou, pire, se percutant sans prévenir.

J'aurais aimé te montrer la maison, dis-je. Je m'aventurais sur un terrain glissant, mais n'est-ce pas ce qu'une mère doit faire, redouter le pire et espérer que les choses se passeront mieux ?

J'ai vu la maison, dit-il.

Avec le mobilier de quelqu'un d'autre enjolivant la vie de quelqu'un d'autre, pensai-je. Pourtant, je n'aurais pas dû avoir cette pensée. Nikolai ne s'était pas reposé sur le mobilier d'autres gens comme sur des béquilles. Il avait fait des plans pour la cuisine, pour le jardin et pour sa chambre.

Ce serait bien si tu vivais aussi avec nous dans la maison, non ? dis-je, mais si bas que c'en était presque une pensée fugace.

Ça n'a pas d'importance.

Pourquoi ?

Ça reste notre maison.

La nôtre, oui, mais c'était aussi une maison faite de trappes et d'échelles, avec des murs nus et des cartons pas encore déballés remplissant le vide. Chaque carton que j'ouvrais laissait s'échapper un peu de mémoire que nul espace ne pouvait contenir. Chaque carton qui restait fermé conservait sa capacité à prendre au piège. Lancer ou ne pas lancer les dés : cela ne change pas grand-chose. Dans un jeu de hasard, le hasard est déjà déterminé.

Depuis quand est-ce que tu es une fervente adepte de comparaisons ineptes et de métaphores creuses ? dit Nikolai.

Ces adjectifs auxquels tu te laisses aller, me plaignis-je.

Au moins je suis cohérent. Je n'ai jamais rien dit de négatif à propos des adjectifs. Alors que toi, tu as toujours rejeté les comparaisons et les métaphores.

Je commence à comprendre leur intérêt, dis-je. Elles occupent l'espace, elles distraient, elles rendent le difficile moins difficile, elles gonflent un peu les choses, même. Et elles peuvent être un raccourci, aussi – les échelles, tu comprends.

Tu es en train de devenir un mauvais écrivain.

Quelle importance ? dis-je. Je veux un jeu où il y a plus d'échelles que de trappes.

Si tu protestes en devenant un mauvais écrivain, je dirai que c'est hautement inutile.

Mourir est hautement inutile aussi, dis-je.

Oh, les gens meurent toujours, tôt ou tard.

Toujours, jamais, à jamais, définitivement – s'il avait atteint mon âge, aurait-il également aboli ces mots ?

Il y a des tas de mauvais écrivains, dis-je. Qu'est-ce qu'il y a de si terrible à en faire partie ?

J'ai l'impression d'entendre un enfant qui pique sa crise, dit-il. Je n'ai pas mon chocolat. Pourquoi est-ce que je n'ai pas mon chocolat ? C'est tellement injuste que je ne sais plus comment boutonner mon blouson. C'est tellement injuste que je dois mettre ma chaussure gauche au pied droit et ma chaussure droite au pied gauche. Et je dois taper des pieds jusqu'à avoir mal aux orteils. Et je dois donner des coups de poing dans le mur jusqu'à avoir les doigts en sang. Et je dois fermer les yeux pour pouvoir trébucher et tomber par terre.

Quand j'étais enfant, c'étaient les adultes qui avaient la liberté de piquer des crises, mais cela je ne le dis pas à Nikolai.

N'empêche, tu n'as toujours pas ton chocolat, dit-il. Oh, pauvre, pauvre de toi.

Tu n'es pas un simple morceau de chocolat, protestai-je.

Pourquoi est-ce que je ne peux pas être aussi timbré que toi et balancer à tour de bras des métaphores et des comparaisons ?

Mais vas-y, je t'en prie.

Et ensuite, quoi ? demanda-t-il.

Je renonçai. J'étais lente quand nous nous disputions.

Et ensuite, on devient des *catchers in the rain.*

Frigorifiés, trempés, avec nos semelles glissantes et nos doigts engourdis, que pourrions-nous attraper ? Tout parent chevronné était très doué pour attraper : les bébés qui tombent, les cuillers qui font des sauts périlleux, les bananes et les pommes à moitié mangées, les groseilles à moitié mûres. Tout ce qui était cassable et incassable relevait du domaine des parents. Mais moi, que pouvais-je attraper en cette matinée grise et humide ? Ni le sourire sur ton visage, ni la lumière dans tes yeux, ni un chat bleu, ni un pingouin violet, ni la poussière dans le vent, ni une pensée murmurant dans tes oreilles, si bruyante qu'elle avait étouffé toute la musique du monde. Que puis-je attraper, mon enfant, maintenant que tout est devenu invisible ?

Les mots, chère mère, dit Nikolai. Nous attraperons chacun les mots de l'autre, ne le vois-tu pas ?

6

QUEL BEL AUTOMNE

COMMENT VAS-TU AUJOURD'HUI ? dis-je. C'était une question inepte, mais j'étais trop triste pour chercher une meilleure ouverture.

Pourquoi est-ce que les gens ne commencent pas une conversation en disant, Qui es-tu aujourd'hui ? dit Nikolai. Comment on va est moins important que qui on est, tu ne crois pas ?

Qui es-tu ? dis-je. Ç'a quelque chose d'intrusif, non ?

Comment vas-tu ? C'est moins intrusif ? Si quelqu'un veut vraiment connaître la réponse, c'est aussi intrusif.

Qui es-tu ? Je repassai la question dans ma tête. J'imagine, dis-je, que les gens auraient plus de mal à dire qui ils sont, franchement. Ou alors les possibilités sont si nombreuses qu'il est difficile d'en proposer une et de négliger les vingt autres.

Quand tu vois un arbre, est-ce que tu dis, Comment vas-tu aujourd'hui ? Pas terrible, pourrait penser l'arbre, parce que c'est une journée venteuse. Mais il est obligé de répondre, Je vais bien, merci, et toi ? Non, quand tu vois un arbre, tu penses, Voilà un arbre.

Les gens sont plus complexes que les arbres, dis-je.

On croit l'être. Donc, qui es-tu aujourd'hui ?

Je suis ta mère.

Tu vois, tu n'as aucun problème à répondre tout de suite.

Mais je ne donnerais pas la même réponse si quelqu'un d'autre me le demandait, pensai-je.

Et si quelqu'un d'autre te le demandait ? dit Nikolai. Mettons que tu vas dans un café et que le type au bar te dit, Qui êtes-vous ?

Je répondrais – Je ne suis personne.

Quelle belle preuve d'imagination.

Mais c'est tout le problème, dis-je. Qui es-tu est une question qu'un poète a déjà posée et à laquelle il a déjà répondu à notre place.

Donc on n'ose pas imaginer une réponse différente et meilleure ?

Qui es-tu ? dis-je.

Je suis quelqu'un, dit-il, comme personne.

Et intelligent comme personne.

Je suis quelqu'un qui n'est la faute de personne.

Je me demandai quelle était la différence entre quelqu'un (*somebody*) et personne (*nobody*). Quiconque ayant une forme physique solide ne pouvait éviter d'avoir un corps (*body*), ce qui ferait de l'affirmation je ne suis personne (*nobody*) un mensonge.

Mensonge pour tout le monde, sauf pour moi. Je peux assurément faire mienne cette clause de non-responsabilité. Je ne suis personne, un non-corps, dit-il. Mais je ne le ferai pas.

Sept semaines s'étaient écoulées depuis la mort de Nikolai. Dans la tradition bouddhiste, c'est au bout de quarante-neuf jours que l'âme quitte ce monde pour le suivant. Je n'y croyais pas, pas plus qu'à l'autre monde, qu'au supplément d'âme ou aux sans-âme, qu'au délai de quarante-neuf jours pendant lequel les disparus gardaient leurs sens avec une intensité que nul corps vivant ne pouvait atteindre. Mais, malgré tout, si Nikolai n'était plus ici demain ? Si, quand je parlerais demain, personne ne me répondait ?

C'est absurde, dit-il. Ce n'est pas une tradition à laquelle tu ne crois même pas qui va décider si je suis ici ou ailleurs.

La peur n'obéit ni à la raison, ni à la logique.

La phobie est irrationnelle, dit-il. Tu *peux* être raisonnable et logique dans tes peurs.

Je dénombrai mes peurs. J'avais peut-être intérêt à en faire la liste et à noter, pour chacune d'elles, les manières d'être raisonnable et logique.

N'importe comment, que représentent les jours pour moi ? dit-il. T'es-tu fait la réflexion que ce pourrait très bien être aujourd'hui et aujourd'hui et aujourd'hui et aujourd'hui ?

J'y avais pensé. Cela, aussi, était ma crainte. Est-ce que, une fois arraché à la chronologie de l'hier, de l'aujourd'hui et du demain, on se sent comme un poisson hors de l'eau, hors de son élément ?

Un poisson hors de l'eau, dit Nikolai. Franchement, Maman, les clichés que tu utilises ces temps-ci... Et même pas à bon escient.

Je préférerais, pensai-je, avoir tous les clichés du monde pour m'en faire un étang tiède.

Pour que tu puisses y nager comme une carpe paresseuse ? dit-il.

Je protestai contre son imagination désobligeante.

Un poisson a une mémoire de trois secondes, dit-il.

Tu me l'as souvent dit, en effet.

Voilà ce qui s'appelle vivre l'instant présent.

Je frémis.

Je sais, dit-il. Les gens disent tout le temps ça : Tu devrais vivre l'instant présent. J'avais toujours envie de demander, Pourquoi vivre comme une carpe ?

J'avais dû faire partie des gens qui lui disaient ça, pensai-je.

Oui, en effet, et je te parie dix dollars que tu ne comprends pas toi-même cette phrase.

Cinq dollars ? dis-je. Nous avions l'habitude de parier sur des tas de choses. Nikolai avait accumulé une pile de reconnaissances de dettes de ma part.

Sept ?

OK, dis-je. Tu as gagné. Je ne comprends pas cette phrase, et en plus je n'y crois pas.

Est-ce que tous les parents sont des experts en ambiguïté ?

Les meilleurs d'entre eux, j'imagine, oui, dis-je. Pas moi.

Pourquoi donc ? Tu es une bonne mère.

Pas assez pour t'avoir donné l'envie de rester, pensai-je.

Eh bien, je vis l'instant présent, maintenant, dit-il.

L'instant présent : une vie faite d'aujourd'hui et d'aujourd'hui et d'aujourd'hui et d'aujourd'hui et d'aujourd'hui. Si lui n'a plus que ça, désormais, n'ai-je plus que ça moi aussi ?

Si je peux me permettre, ce que j'ai n'a rien à voir avec ce que tu as. Pourquoi miser sur un *non-corps* ? Il faudrait savoir ce que tu veux.

Mais je le sais, pensai-je. Depuis toujours. Je veux hier et aujourd'hui et demain, tout ça avec Nikolai dedans.

Tu te plains souvent que j'en veux trop, dit-il.

N'importe quel parent voudrait ce que je veux.

Pas forcément.

N'importe quel parent sensé.

Ton argument ne tient pas, dit-il. Une personne sensée peut quand même vouloir trop.

Mais un peu plus de temps, comment peut-on appeler cela trop ? dis-je, même si je savais que je risquais de perdre la dispute. Cinq ans, on considère ça comme un peu plus dans une vie ? Dix ans ?

Le temps, c'est comme l'argent. Ne va pas t'endetter en dépensant ce que tu n'as pas, dit-il.

Je pensai au cours qu'il aurait dû commencer à suivre au printemps, le cours de gestion financière personnelle, et qu'il attendait avec hâte. Dans quelle circonstance a-t-on le droit de demander un lendemain à crédit.

Dans aucune, dit-il. Le temps est une dette difficile à rembourser. Impossible.

Comment le sais-tu ?

Parce que je l'ai fait.

Voulait-il dire qu'il était à découvert de lendemains ? Je me rappelais que, quand il était petit, je tressaillais à chaque fois que les gens le décrivaient comme précoce.

Tu disais sans arrêt, Sois patient, reprit-il. Très souvent je me suis dit, OK, cette fois-ci je te crois et j'attends, et les choses changeront peut-être, et je changerai peut-être d'avis.

La plupart des gens font ça, dis-je.

J'imagine que la plupart des gens ne veulent pas admettre leur échec. Alors ils continuent de faire d'autres emprunts pour d'autres lendemains et ils s'endettent toujours plus.

Et si c'était ce qu'on appelle la patience ? dis-je.

Je n'étais pas quelqu'un de patient. Nikolai non plus. Le mot « patience » vient du latin, « souffrir », ou « souffrance ». Quels autres mots associent la douleur au temps, le temps à la douleur ?

La nostalgie ? demanda Nikolai.

La nostalgie : « foyer » plus « douleur ». Se sent-il jamais nostalgique ? pensai-je.

Je n'ai pas quitté mon foyer, Maman.

N'empêche, je regrette de ne pas t'avoir appris à retarder la souffrance.

Si tu ne l'as pas appris toi-même, tu ne peux pas me l'apprendre, dit-il.

La folie d'une mère, pensai-je, est de vouloir donner à un enfant ce qu'elle n'a pas. Un parent doit être donquichottesque. Ce mot me rappela une chose que j'avais oubliée pendant toutes ces semaines, à savoir que le jour de la mort de Nikolai, alors que je ne savais pas que cela se produirait, j'avais écouté *Don Quichotte* pendant un long trajet en voiture. J'avais ri toute seule dans ma voiture. Il m'était arrivé de rire parfois depuis, mais ce rire dans la voiture – donquichottesque – ne serait plus jamais le mien.

Tu ne parles pas parce que tu as encore perdu une dispute ? demanda Nikolai. J'étais étrangement soulagée qu'il ne voie pas mes larmes. Il ne m'avait vue pleurer que trois fois dans sa vie.

Non, je me sens triste, c'est tout, dis-je.

Encore ?

Encore ? Parfois, je suis tellement triste que j'ai l'impression d'être une bête de foire.

Il me semble que c'est de l'auto-complaisance débridée, dit-il.

Je réfléchis à mon vocabulaire. Nikolai avait raison. Non seulement mon vocabulaire était excessif, il était imprécis. Comment comparer la tristesse qui emporte comme un volcan en éruption à celle qui demeure à l'intérieur de soi, aussi inerte (*still*) qu'un enfant mort-né (*still-born baby*) ? Les gens parlent du chagrin qui va et vient comme les vagues, mais je ne suis pas une digue, je ne suis pas un bateau, je ne suis pas une statue abandonnée sur un rivage rocheux et dont on éprouve l'endurance.

Permets-moi de rectifier, dis-je. Parfois, la tristesse me rend incapable d'écrire.

Pourquoi écrire si tu peux ressentir ?

Comment ça ?

J'imagine toujours qu'écrire est fait pour ceux qui ne veulent pas ressentir ou ne savent pas comment faire.

Et lire ? demandai-je. Nikolai était un bon lecteur.

Pour ceux qui veulent et savent le faire.

Pendant des semaines, je n'avais pas bien lu. Je prenais des livres et je les reposais au bout d'une ou deux pages, n'y trouvant pas grand-chose pour me soutenir. J'écrivais, en revanche, j'inventais des histoires pour parler avec Nikolai. (Où nous rencontrer ailleurs que dans les histoires, dorénavant ?)

Tu vois où je veux en venir ? dit-il. Tu ne peux pas *ne pas* écrire. Mal écrire ne te dérange même pas.

Parce que je ne veux pas être triste ou que je ne sais pas comment être triste ?

Quelle différence ? dit-il. Est-ce qu'on se suicide parce qu'on ne peut pas vivre ou parce qu'on se sait pas comment vivre ?

Je ne sus pas quoi répondre.

Avec toi, j'arrive toujours à gagner les disputes – tu as remarqué ? dit-il.

Si j'avais été meilleure débatteuse, serait-il resté plus longtemps en ce monde ? Je ne lui posai pas la question. Comme la tristesse, elle était tout le temps présente.

Je préférai lui lire un poème que j'avais traduit du chinois. Je l'avais appris par cœur à douze ans, mais je ne commençais à le comprendre que maintenant.

Jeune, je ne connaissais pas le goût du chagrin
Mais j'aimais tant monter les tours à étages
J'aimais tant monter les tours à étages
Pour composer un nouveau poème et singer le chagrin

Maintenant que j'ai senti le goût du chagrin
Et que je veux en parler, je me retiens
Je veux en parler, mais je me retiens
Et je dis simplement : une journée froide, quel bel automne

Est-ce un bel automne ? demanda-t-il.
Oui, répondis-je. Et une journée froide.

7

TANT DE FENÊTRES, TANT DE FLEURS

JE ME DEMANDE SI je ne devrais pas commencer à tenir un journal de mes rêves, dis-je.

La nuit précédente, je n'avais pas bien dormi. À mon réveil, le matin, je savais que Nikolai était dans mon rêve, mais hormis une atmosphère, il n'en était rien resté, pas un seul fragment de temps, ou d'espace, ou de son visage.

Si tu en as envie, dit-il.

Ça te plaisait, toi ? demandai-je. Pendant un temps, Nikolai avait fait l'expérience du journal des rêves. Sur un fichier informatique, parmi de nombreux fichiers que nous avions décidé de ne pas retrouver.

Vaguement, dit-il. Pourquoi veux-tu faire ça ?

Ma foi, pensai-je, ce n'est pas évident ?

Pas vraiment, dit-il.

Je lui répondis que je voulais me rappeler les rêves dans lesquels il apparaissait.

Pourquoi veux-tu te les rappeler alors que tu peux parler avec moi ? dit-il. N'importe comment, tes rêves sont tièdes.

Il ne faisait aucun doute pour moi que ce que nous vivions était plus réel que les rêves. Néanmoins, nous ne partagions que des mots. Nous ne pouvions pas nous voir. Si un rêve était un tant soit peu gentil, il nous donnerait ce que nous voulons voir.

Tu peux toujours rêver, dit-il.

Au cours des dernières semaines, je ne l'avais vu clairement qu'une seule fois – les autres rêves, tous similaires à celui de la nuit passée, étaient tombés dans les caprices du cerveau humain. Quelques jours après sa mort, dans mon rêve nous allions à l'hôpital pour passer le prendre. Nous attendions là où il y avait par terre une boussole indiquant les quatre branches du bâtiment ; et nous restions là un long moment avant de repérer Nikolai au milieu d'autres personnes, dont beaucoup étaient poussées dans des fauteuils roulants. Il marchait vers nous, avec une élégance désinvolte que j'associais souvent au héron cendré. Mais avant qu'il nous rejoigne, j'avais ouvert les yeux et il avait disparu.

Oh là là, dit Nikolai.

Quoi ?

C'est trop joli, dit-il. Un rêve joli ne sert qu'à se faire plaisir.

Nikolai, comme moi, était un lève-tôt. Viens, Maman, disait-il quand il m'entendait me lever, d'un ton qui n'avait jamais changé entre ses trois et ses seize ans. Il me faut mon café, répondais-je souvent, et il me faut ma lecture du matin avant de pouvoir parler. Mais il insistait, Viens. Alors je m'asseyais sur son lit et il s'enroulait dans sa couette, se transformant en *nêm*. J'ai fait un rêve cette nuit, commençait-il. Il rêvait qu'il courait, qu'il volait, se téléportait, se métamorphosait, mais quelques-uns de ses rêves m'avaient tellement enchantée ou attristée que j'avais noté nos conversations *texto*.

En voici une, datant du collège :

J'ai fait un rêve épuisant, dit-il un matin, à peine m'étais-je assise près de lui. J'ai rêvé que j'étais un nombre négatif et que je n'arrivais pas à déterminer ma racine carrée.

C'est possible, dis-je. Attends d'avoir appris les nombres imaginaires purs.

Maman, je ne suis pas idiot. Je connais les nombres imaginaires purs, mais je n'aime pas avoir affaire à cet i énervant.

(Je lui avais emprunté son rêve, une fois, pour ouvrir une conférence. Nikolai en avait été très fier, mais son petit frère, J., avait désapprouvé, disant que la métaphore était trop jolie.)

En voici un autre, plus ancien. Nikolai avait cinq ans. Un jour, il me raconta un rêve qui remontait non pas à la nuit précédente, mais à quelques semaines. Il lui avait fallu tout ce temps pour y réfléchir avant de m'en parler :

J'ai rêvé que tu montais une côte avec le minivan et que tu te garais près de la maison de Mari. Et puis tu mourais, assise sur ton siège. Des tas de fleurs tombaient sur le minivan et le recouvraient. Et tout est devenu moins comme la vraie vie que comme une peinture à l'huile. Je me suis réveillé et j'ai pleuré longtemps sans pouvoir me rendormir.

En voici un plus récent, moins de deux mois avant sa mort :

Cette nuit j'ai rêvé qu'on voyageait. On franchissait les contrôles de sécurité et un agent nous disait, à J. et à moi : Je vais donner une note à votre transport. Et toi, tu répliquais : Ne pissenlisez pas le pissenlit.

Qu'est-ce que ça veut dire ?

Je ne sais pas. Dans mon rêve, je pensais que tu avais inventé cette expression sur le coup, pour protester, et que c'était plutôt malin de ta part.

Ne pissenlisez pas le pissenlit, dis-je à présent. J'ai failli réprimander une étudiante, hier, avec cette phrase.

Ne plagie pas mon rêve, dit Nikolai.

Je ne l'ai pas fait. À la place, je lui ai donné une bonne leçon.

Quelle faute réprimandable avait-elle commise ?

Elle disait qu'elle ne voulait pas être sérieuse, et elle voulait écrire des histoires frivoles pour pouvoir rire de ses personnages.

Ah, les illusions frivoles qu'une jeune personne peut se permettre, dit Nikolai.

Toi aussi, tu es jeune, dis-je.

Pas jeune à la manière de ton étudiante.

Et toi, comment sont tes illusions ?

Est-ce qu'on doit tous avoir quelques illusions pour vivre ? demanda-t-il.

Est-ce qu'on doit tous avoir quelques illusions pour avoir envie de mourir ? pensai-je.

Il y a une différence fondamentale, dit-il. On ne meurt qu'une fois.

Donc c'est la fin des illusions ?

Pas au sens où elles disparaissent, répondit-il, non. On les a encore. Simplement, ce ne sont plus des illusions, mais la réalité.

Ce n'est pas le cas pour les vivants ? Tu traites les illusions comme la réalité ?

Tu ne rencontres pas tes illusions quand tu es vivant.

Comme quelque part derrière l'arc-en-ciel ? dis-je.

Oh là là, pensai-je, ces temps-ci je réfléchis avec des mots qui ne sont pas les miens.

Pas grave, dit-il. Tu es toute pardonnée.

Je me rappelai une journée du début du printemps, cinq ans auparavant. J'avais emmené Nikolai et son frère dans une ville au bord de la mer. Après le déjeuner, bras dessus, bras dessous, nous avions chanté ensemble jusqu'au bout de la rue, *We're off to see the Wizard, The wonderful Wizard of Oz.*

Je m'en souviens, dit Nikolai. On devait avoir l'air tellement bêtes.

On avait l'air heureux, dis-je. C'était hors saison, et à nous trois nous n'atteignions pas l'âge moyen de la population locale. Les gens dans la rue souriaient en voyant nos bras enlacés et nos pas de danse, pourtant j'étais à mille lieues de ce qu'ils imaginaient. C'était l'année de ma désintégration, et je trouvais peu d'illusions pour lesquelles vivre.

Au moins, tu mets un point d'honneur à paraître heureuse devant tout le monde, dit-il.

Toi aussi.

Je ne suis pas aussi doué que toi pour ça.

Ses amis m'avaient écrit, après, pour dire quelle personne chaleureuse, gaie et heureuse il avait été à leurs yeux. Quelques-uns se demandaient comment ils avaient pu passer à côté de sa souffrance, ou ce qu'ils auraient pu faire pour le sauver. Pour certaines personnes, une façade est nécessaire, même avec les amis – surtout les plus proches. Mais cela, je ne pouvais pas l'expliquer à ces jeunes cœurs meurtris.

Pour vivre, tu dois multiplier les illusions, dit Nikolai. Une seule ne suffit pas. Quelques-unes ne suffisent pas.

Combien suffisent ?

C'est à moi que tu poses la question ? C'est toi, la vivante.

C'est comme demander son chemin à un aveugle, non ? dis-je, traduisant pour lui un dicton chinois.

Ce qui, quand tu y réfléchis un peu, est absurde. Qui peut affirmer qu'un aveugle ne connaît pas mieux le chemin ?

Où est-ce que je devrais aller à partir d'ici ?

Oh, tu sais que tu te débrouilles bien.

Je ne le savais pas. Je ne me sentais pas bien. Je n'avais qu'une seule illusion, à laquelle je m'accrochais de toutes les forces de ma volonté : Nous avions un jour donné à Nikolai une vie en chair et en os ; et je suis en train de le refaire, cette fois avec des mots.

Une bonne tactique est de diversifier ses illusions, dit-il. Le genre il ne faut pas mettre tous ses œufs dans le même panier.

Je ne pus m'empêcher de lui faire remarquer qu'il venait de sortir un cliché.

Peu importe, dit-il.

Désolée. Quand même, éclaire ma lanterne.

Oh, fais comme les écureuils. Tu creuses un trou, tu y stockes quelques illusions, puis tu en creuses un autre et tu en stockes d'autres. Certaines illusions sont pour aujourd'hui. D'autres pour demain. Certaines mettent plusieurs mois à mûrir. Garde-les bien au sec afin qu'elles ne moisissent pas. Garde-les bien secrètes afin que les autres ne marchent pas dessus par accident, ou ne les exhument et ne les volent. Sois patiente. La gratification à retardement est la clé d'une vie d'illusions réussie. Et si tu as de la chance, certaines illusions s'auto-reproduisent. Quelques-unes deviennent même sauvages comme des pissenlits.

Tu te moques de moi ?

Absolument, dit-il. Personne n'a besoin qu'on lui enseigne comment vivre dans les illusions. C'est comme dormir.

Il y a une maladie qui s'appelle l'insomnie.

Les insomniaques dorment quand même.

Pas bien, dis-je. Ce n'est pas justement de ça que souffrent les insomniaques ? De ne pas avoir un sommeil de bonne qualité ? De tenir à un fil ?

Puisque tu m'as souvent dissuadé de rechercher la perfection, je dirais, Maman, fais simplement de ton mieux et contente-toi d'être une illusionniste moyenne.

Je me demandai s'il était possible à quiconque d'être un illusionniste moyen. Il me semble, dis-je, qu'un illusionniste ne peut pas être affublé d'un adjectif. On l'est ou ne l'est pas.

N'importe quel substantif peut être affublé d'un adjectif, pour peu que tu connaisses ta grammaire.

J'essayai de trouver des exemples qui ébranleraient sa foi dans les adjectifs. Un arbre procrastinateur, une ombre hautaine, une transe estivale, un épilogue vexatoire.

L'ineffable miasme des mots incompétents, dit-il. Comment appelle-t-on l'anévrisme d'un esprit bouché par les mots ?

Tant que je suis à bonne distance des adjectifs, je reste sobre, dis-je.

Pourquoi une telle hostilité à l'égard des adjectifs ?

Je m'oppose à tout ce qui juge, dis-je, et les adjectifs sont des mots qui ont des idées arrêtées. Heureux, triste. Long, court. Vivant, mort. Jeune, vieux. Même l'adjectif le plus simple se croit autorisé à juger. Et je ne parle même pas de ces formes abusives que sont le comparatif et le superlatif.

Je ne suis pas d'accord. Le substantif est un mur, l'adjectif est une fenêtre, dit-il.

Je ris.

Qu'est-ce qu'il y a de si drôle ?

Il n'y a aucun adjectif dans ton affirmation aussi ingénieuse que définitive, dis-je.

Très bien. Je le formule autrement : le substantif est un mur contre-productif, l'adjectif est une fenêtre solide.

Contre-productif comment ? Solide comment ? dis-je. J'étais assise à côté d'une fenêtre, dans la chambre qui s'appelait la chambre de Nikolai. Dehors, il y avait les arbres procrastinateurs qui n'avaient pas encore perdu leurs feuilles, comme l'exigeait la saison, ne laissant pas d'intriguer les nettoyeurs de gouttières. Dans notre ancienne maison, en Californie, nous avions de grandes fenêtres entourées d'arbres qui restaient verts toute l'année, et où, le soir, Nikolai avait l'habitude d'écouter les *Quatre Saisons* de Vivaldi. Dans notre nouvelle maison, il y avait des saisons distinctes dehors, mais lui n'aurait des souvenirs des quatre saisons que par la musique, non par l'expérience vécue.

Contre-productif comme l'est ton esprit, dit-il. Solide comme l'est mon esprit.

Tant d'immodestie, dis-je. Mon esprit n'est pas une pièce fermée.

Le mien a davantage de fenêtres.

Qu'y a-t-il devant tes fenêtres ?

Toutes les belles choses que tu ne peux pas voir.

Par exemple ?

Un jardin d'adjectifs superlatifs. Un chemin pavé d'adverbes vivants. Des poèmes sans thèmes. Des chansons sans titres. Il y a des façons de ne vivre ni en tant que substantif, ni à l'intérieur d'un substantif, ni parmi d'autres substantifs.

Mais ce sont tous les substantifs du monde qui laissent de l'espace aux vivants, pensai-je. Les vivants ont besoin de l'espace entre quatre murs.

Et toi, devant ta chambre, qu'y a-t-il ? demanda Nikolai.

Je regardai par la fenêtre. La veille au soir, pendant que je préparais le dîner, je m'étais rendu compte que je ne pouvais pas ouvrir la fenêtre pour cueillir des feuilles de laurier, comme j'en avais l'habitude. Les feuilles de laurier étaient maintenant dans un petit bocal en verre, vendues sur l'étagère d'une épicerie.

Des fleurs, répondis-je, une fois que l'hiver sera terminé.

Bravo, Maman, dit-il. Les fleurs vont bien à une illusionniste moyenne.

8

L'ENNEMI PARFAIT

ON A FAIT UNE TARTE AU POTIRON HIER, dis-je. Nikolai ne répondit pas tout de suite, mais j'étais sûre qu'il écoutait. Elle n'était pas aussi belle que les tiennes, mais elle était bonne, ajoutai-je.

C'était le lendemain de Thanksgiving. Dans la famille, nous n'avions jamais été doués pour les célébrations. Quand Nikolai était en maternelle, sa maîtresse avait eu une discussion avec moi. Nous avons interrogé les enfants, m'avait-elle dit, et d'après Nikolai vous célébrez beaucoup de choses, mais rien de sérieux. Les traditions familiales, avait-elle insisté, sont importantes pour les enfants.

Certains jours sont-ils plus spéciaux que d'autres, ou est-ce nous qui leur donnons des noms et un sens parce que les jours sont indifférents et que nous essayons de leur arracher un peu d'amour comme nous tendons à le faire avec les gens insensibles ? Ces questions n'étaient pas d'une grande profondeur, mais elles expliquaient mon peu d'entrain pour les anniversaires et les fêtes importantes. Les autres – les commémorations, la fête des Mères, la fête des Pères, la Saint-Valentin, le chapelet des jours fériés dans le calendrier lunaire chinois – n'étaient que ça : des jours où l'on vit.

Malgré tout, j'avais redouté le premier jour férié sans Nikolai. Il avait l'habitude de cuisiner, les jours fériés. Cette fois, décidai-je, nous devons faire une tarte nous-mêmes.

Il faisait des gâteaux les week-ends et les jours où il n'avait pas trop de devoirs. Il faisait des gâteaux tout le temps, et comment pouvions-nous reproduire *tout le temps* ? Le beurre, la crème, le miel, la cannelle, la vanille, les noix de muscade, les clous de girofle, tous les bocaux et les pots sur son étagère à cuisine : aucun mot, pas même ceux de Proust, ne pouvait redonner vie à leur bonne odeur chaude, mêlée aux parfums de la pluie d'hiver en Californie et des feuilles d'eucalyptus mouillées. Vous nous devez une invention qui permette d'immortaliser les parfums, Monsieur Edison. Sans cela, notre mémoire est incomplète.

Au moins, le monde ne se retrouve pas encore plus submergé, dit Nikolai. Toutes les photos et les vidéos amateur. Imagine Internet avec les odeurs et les goûts.

Les morts ont l'avantage de ceux qui partent ; les autres, ceux qui restent, doivent avoir quelque chose auquel se raccrocher. Mais cela, je ne le dis pas. Je devrais être la dernière à avancer cet argument. En déballant les cartons, après le déménagement, je me rendis compte à quel point j'étais une piètre gardienne des souvenirs. Des photos de classe de certaines années étaient là, mais pas les autres. Un gigantesque album photo n'avait qu'une seule page remplie, une image ultrason de Nikolai alors que j'étais enceinte de vingt-deux semaines. La collection entière des *Tintin,* sa bande dessinée préférée en maternelle, avait été éparpillée et pas entièrement reconstituée, comme ces volumes de *Snoopy* qui nous avaient accompagnés des années durant. Les tomes que j'avais retrouvés étaient ceux qu'il avait lus dans les derniers jours de sa vie.

Les désirs des gens sont inépuisables, dis-je.

Si tu veux être vorace, assure-toi bien d'être vorace avec discernement.

On est qui on est, dis-je. Formule vide, souvent resservie ces jours-ci, comme si elle pouvait apaiser la douleur dans un cœur vidé de fond en comble.

Qu'est-ce que ça veut dire ?

Rien, dis-je. Dire quelque chose qui ne signifie rien est un talent qu'il te reste encore à apprendre.

Je suis content de ne pas avoir à apprendre ça.

Dire quelque chose qui ne voulait rien dire était devenu pour moi une nouvelle façon de m'illusionner, comme si quelque chose avait changé. Or rien ne changeait. Le temps restait immobile, pour lui comme pour nous.

Donc vous vous y faites ? dit-il.

À quoi ? pensai-je. Aux jours sans lui ?

À la maison, je veux dire.

On est comme trois petits pois dans une cosse géante, dis-je.

La semaine précédente, j'avais expliqué à une amie que Nikolai pouvait occuper l'espace mieux que nous trois réunis. Nous avions imaginé notre vie ensemble dans la maison, ses biscuits et ses gâteaux cuisant dans le four, ses fleurs s'épanouissant dans le jardin, sa musique emplissant la maison, son départ et son retour tout aussi fêtés, car ce que nous avions le plus voulu pour lui était la liberté de partir et la possibilité de revenir. Maman, je vais vivre avec toi jusqu'à soixante-treize ans, m'avait-il dit un jour, quand lui-même en avait trois. Non, non, avais-je répondu, tu changeras d'avis. Un peu plus tard, il n'avait même pas quatre ans, il avait changé d'avis. Je suis prêt à partir, m'avait-il dit. Non, non, avais-je répondu, tu es encore jeune.

Il n'y a aucune règle contre quoi que ce soit, y compris se faire (*settle*) à un espace trop vide, dit-il. Ça donne le sentiment d'être organisé.

Le vide n'est pas la même chose que le dépouillement, dis-je.

Encombre, dans ce cas, dit-il. *Clutter, clatter, clot, cluster.*

Aucun mot, pensai-je, ne me délivrerait du néant qu'il laissait.

Tu t'y feras tôt ou tard, même si c'est contre ton gré, dit-il.

Je m'aperçus que je n'avais jamais cherché l'étymologie du mot *settle*. Je le fis. Je la lui lus : de l'ancien anglais *setlan*, de *setl*, « siège » – « asseoir », « arrêter », « laisser reposer ». Les cœurs des parents peuvent-ils trouver le repos après la mort d'un enfant ?

C'est peut-être à moi de poser la question, dis-je. Tu te sens posé ?

Si tu veux dire par là quelque chose qui se dépose au fond, répondit-il, alors oui, je me sens plutôt posé. Sédimenté.

Qu'est-ce qui est sédimenté ?

Tout ce qui en moi me troublait, dit-il. Je suis parfaitement limpide, maintenant, pur et parfait, exactement comme je le souhaite.

Rien ne viendra plus troubler de nouveau les sédiments ?

Quelle probabilité y a-t-il pour que ça se produise, selon toi ?

Je ne savais pas si j'étais triste ou soulagée, ou d'autant plus triste que j'étais soulagée.

Tu vois, c'est ça ton problème. Quand tu n'as pas une maîtrise parfaite des adjectifs, tu ne sais pas comment tu te sens.

Peut-être que je n'ai pas envie de savoir, dis-je.

Pourquoi est-ce qu'on discute, dans ce cas ?

Je ne discute pas avec toi pour comprendre comment je me sens.

Pour quelle autre raison ? Tu ne vas pas me dire que c'est pour me maintenir vivant, ce genre de fadaises ?

Je repensai à un livre intitulé *This Real Night*, écrit par Rebecca West. Après la mort de Nikolai, pendant des jours et des semaines j'avais souvent réfléchi à ce titre, « Cette véritable nuit ». Dès que j'avais appris la nouvelle, je n'avais pas douté un seul instant de la vérité glaciale et terrible qui nous tombait dessus : Cette véritable nuit est et sera un élément permanent de notre vie.

Heureusement pour toi et heureusement pour moi, dis-je, je ne crois pas à ces fadaises.

Bien.

Mais J. et moi, nous avons commencé un livre de souvenirs pour toi.

Ça alors.

C'est sa psychologue qui nous l'a conseillé. Je crois qu'elle a raison. Les souvenirs s'estompent.

Pourquoi ne pas laisser s'estomper ce qui peut s'estomper ? dit-il.

Pourquoi ne pas laisser s'effacer ce qui peut s'effacer ? dis-je.

Pourquoi pas, en effet ? Dans la vie, tout s'estompe ou s'efface, quoi qu'il arrive.

Tu as sans doute raison.

Bien sûr que j'ai raison, dit-il. J'ai tellement raison que je suis infaillible.

Pendant un moment je crus presque qu'il était redevenu vivant, et je l'entendais, sa voix et son ton, quand il se moquait de nous, les adultes faillibles.

Peut-être que le moteur de l'histoire humaine est le désir de combattre notre destin qui s'estompe et s'efface, dis-je.

Quel tissu d'inepties pompeuses. Je déteste ça, quand tu essaies de paraître intelligente.

Bref, en tout cas, on commence le livre de souvenirs.

Je ne peux pas vous en empêcher ? demanda-t-il.

De la même manière que je ne peux pas t'empêcher de faire ce que tu veux.

Très bien.

Ce n'est pas pour t'énerver encore plus, dis-je, mais on a un cahier parfait pour le projet.

En déballant les cartons, j'avais trouvé un ancien journal intime qu'il avait commencé à l'âge de cinq ans, avec le titre « Soixante années de Nikolai » écrit sur la jaquette intérieure. Il l'avait tenu pendant moins de deux semaines puis, à l'âge de onze ans, avait rédigé deux entrées, la première commençant par : « Désolé pour l'attente ! » et la seconde, quatre jours après le Nouvel An : « Pardon d'être en retard ! Bonne année ! »

Oh là là, dit-il. Je m'en souviens. À l'époque, je pensais qu'un livre devait forcément avoir un titre avec un nombre d'années de quelque chose. À cause d'*Un millier d'années de bonnes prières*.

Soixante années de Nikolai, pensai-je. Sur ces soixante années, nous n'en avions eu que seize. J'étais d'humeur sentimentale. Les nombres me rendaient sentimentale. Les calendriers me rendaient sentimentale. Les objets me rendaient sentimentale : une paire de chaussures à pointes pour le sprint, une raquette de tennis, une partition sur le pupitre, une petite acrylique montrant des pavots de Californie, un girafon en peluche qui avait perdu tout son rembourrage – j'avais recousu la déchirure, mais la girafe restait maigre et molle –, un imprimé, fait main, d'un pingouin violet affublé d'un chapeau melon. Le temps me rendait sentimentale : les jours et les nuits, les minutes et les heures, les moments qui menaçaient de se transformer en éternité.

Que devient le sentimental quand tu en retires le temps ? demanda Nikolai.

Quoi ?

Il ne te reste que du charabia.

Quoi ? dis-je. J'étais une crétine. Un jour, Nikolai m'avait raconté que J. avait fait une blague insultante à mon sujet : Maman, tu es une crétine. Tu es tellement crétine que si on te mettait à côté d'un trou noir, ce n'est pas le trou noir qui te happerait, mais lui qui serait happé par toi.

Je te parle du mot, dit Nikolai. Tu as remarqué qu'au milieu de « sentimental » il y a le mot *time* (« temps ») ?

Je vérifiai. Du point de vue de l'étymologie, ça ne veut rien dire, répondis-je.

Qu'est-ce que tu peux avoir l'esprit raide, dit-il. Tu es vraiment obligée de faire ce livre de souvenirs ? Je vois déjà comment il sera. Gênant. Humiliant. Mortifiant.

Ce livre, tu aurais pu l'écrire bien mieux que moi – mais je ne le dis pas. À ce moment-là, il y avait plein de conditionnels. Je pouvais suivre chacun d'entre eux comme un chemin ne menant nulle part, tout ça pour finir quelque part entre le doute et le regret. C'était le labyrinthe dans lequel j'avais décidé de ne pas mettre les pieds. Je préférais être ici, en train de traîner devant l'entrée, d'éprouver et de combattre la tentation du sybaritisme (*self-indulgence*).

Qu'est-ce que je déteste ce mot, dit Nikolai.

Mais je ne parle pas de toi. Je n'ai jamais qualifié personne de sybarite à part moi.

Ce n'est pas une forme de sybaritisme ?

Déterminer son moi par ses aspects négatifs vaut mieux que ne pas avoir de moi solide.

Même si les aspects négatifs sont imaginaires ?

L'imagination est un cerf-volant que tire la réalité, dis-je. L'imagination n'a aucune chance si tu coupes le fil que tient la réalité.

C'est noble, dit-il. C'est ça, ton secret ?

Mon secret de quoi ?

D'être toi ?

Tu veux dire être moi, ta mère, ou être moi, moi-même ?

Donc il y a une différence, dit-il. Je me suis souvent demandé.

On peut cesser d'être un parent ou un enfant, un ami ou un ennemi, on peut cesser d'être vivant, mais notre moi ne cesse d'être lui-même. Même la mort ne peut rien y faire. La mort nous arrache des tas de choses, mais pas ça. La mort n'est pas invincible.

Est-ce qu'on ne prend pas ce moi trop au sérieux ? demanda Nikolai.

Bien sûr que si. On le prend tellement au sérieux que même la mort, confrontée à ce moi, pâlit.

Qu'est-ce que je le déteste, ce moi, dit-il.

Mais tu as un moi qui est… Quel adjectif devrais-je employer ? Tout ce que je pourrais dire serait un cliché.

Il s'agit maintenant d'être précis dans nos temps de verbes. Est-ce que j'ai un moi ? Est-ce que j'en avais un ? Est-ce que j'en aurai un ?

Le moi est hors du temps, dis-je. Hors *des* temps.

Mais il est défectueux.

Cite-moi le nom d'une personne dont le moi n'est pas défectueux.

Ça ne marche pas comme ça, Maman. Tu le sais très bien.

Tu ne peux pas exiger de tous les gens qu'ils soient parfaits.

Je peux pardonner à tous les gens, dit-il, d'être imparfaits.

Mais pas à toi-même.

J'ai essayé, Maman, j'ai vraiment essayé. Tu ne vois donc pas que je ne suis parfait que d'une seule manière ?

Parfait. Imparfait. Deux adjectifs qui reviennent sans cesse, en toutes saisons, chaque jour, qui nous narguent, nous jugent, nous isolent, transforment notre isolement en maladie. Y a-t-il adjectif plus accompli que parfait ? Le parfait est libre de toute comparaison, le parfait rejette le superlatif. Nous pouvons toujours être bons, faire mieux, faire de notre mieux, mais jusqu'à quel point faut-il être parfait avant de pouvoir nous aimer et laisser les autres nous aimer ? Et qui, mon enfant chéri, qui a enlevé le mot « aimable » de ton dictionnaire, et du mien, pour le remplacer par « parfait » ?

J'aurais préféré, dis-je, que tu fasses de moi ton ennemie, plutôt que toi-même. Les mères, pensai-je, seraient parfaites pour ce rôle.

Tu ne peux pas être ça pour moi, Maman, répondit Nikolai. J'ai trouvé un ennemi parfait en moi-même.

9

TOUJOURS

AUJOURD'HUI, je suis allée chez le concessionnaire automobile.

Tu as dit quelque chose ? demanda Nikolai.

Il était 15 heures, le moment le plus difficile de la journée. J'attendais que le frère de Nikolai sorte de l'école. Ne pas me retourner pour regarder dans la direction d'où Nikolai aurait marché vers moi exigeait une grande force de volonté. Je l'avais, mais pas suffisamment à 15 heures. J'attendais à mi-chemin, comme s'ils allaient encore marcher la même distance pour me rejoindre.

Non, je n'ai rien dit, répondis-je. Je savais que j'avais envisagé de lui parler du concessionnaire. Je m'étais retenue juste avant que les mots s'échappent de ma bouche. Dans une autre vie, ça aurait été un simple bavardage, mais à présent ce n'était pas la conversation appropriée. Je ne voulais pas devenir le genre de personnes qui racontent des banalités aux morts.

On a élucidé un mystère, aujourd'hui, préférai-je dire. Depuis que nous avions déménagé, j'avais en effet remarqué un bruit, régulier, qui semblait provenir de l'intérieur de la maison. J'avais d'abord cru que c'était une pièce cassée du radiateur. Il s'avéra qu'un cardinal s'amusait à frapper à la fenêtre de la cave, toc-toc, toc-toc, avec une belle ténacité. Je l'ai également vu sur le porche, dis-je. Il est fasciné par les fenêtres.

Comme tous les oiseaux.

Mais celui-là est persévérant, dis-je. Je me demande pourquoi.

Je racontais encore des banalités, mais un cardinal intrigué et intrigant était plus intéressant que le concessionnaire automobile.

Ce n'est qu'un oiseau, dit-il.

Et une fenêtre, et une maison, et une saison.

C'est vrai que tu n'es pas une grande spécialiste des substantifs.

L'histoire d'une vie peut être racontée avec les substantifs les plus simples, dis-je. Quand je suis arrivée en Amérique, je n'achetais que du pain blanc qui coûtait dix-neuf cents le sachet. L'année suivante, nous étions passés au pain à vingt-neuf cents le sachet, puis à quarante-neuf cents, soixante-neuf, quatre-vingt-neuf, jusqu'à ce que, à la naissance de Nikolai, nous nous mettions à acheter du pain blanc à un dollar quarante-neuf le sachet. Je ne lui avais jamais raconté cette histoire de pain, ni tant d'autres. Méfiante à l'égard du passé, je voulais que mes enfants vivent dans un monde où les histoires de leurs parents étaient rangées dans des cartons et, si possible, définitivement enfermées.

Donne-moi un exemple, dit-il.

Les myrtilles, dis-je. La première fois qu'on a acheté un paquet de 150 grammes de myrtilles, quand tu avais trois ans, on avait l'impression d'être prodigues.

C'est l'adjectif prodigue qui raconte l'histoire, dit-il, pas les myrtilles.

Mais *prodigue* ne me rendait pas des souvenirs de Nikolai comme le faisait *myrtilles*. L'été qui avait précédé ses quatre ans, nous avions traversé tout le pays jusqu'en Californie, vers une maison de style espagnol située sur un campus universitaire, avec des murs blanchis à la chaux, un toit rouge et, devant les baies vitrées, une allée bordée d'eucalyptus. Un jour, Nikolai et sa baby-sitter s'étaient promenés et étaient tombés non loin de là sur des myrtilles. Il en avait cueilli quelques-unes, pas assez mûres, les avait mangées et avait couru jusqu'à la maison en hurlant et en traitant les myrtilles de féroces.

Je m'en souviens, dit-il. Je me souviens que je m'étais senti très fier parce que je savais que la baby-sitter, j'ai oublié son nom, était impressionnée.

Elle m'a également raconté que tu avais traité un arbre de théâtral, dis-je. Qu'est-ce que tu les aimes, tes adjectifs.

Oui, plus que mes myrtilles, dit-il.

Est-ce possible ? demandai-je. J'avais souvent plaisanté sur le fait que les enfants de son âge dépensaient leur argent en smartphones, en jeux et en vêtements, mais lui le dépensait en myrtilles. Nous les stockions par cageots entiers dans le réfrigérateur et, quand elles n'étaient plus de saison, par sachets dans le congélateur. Il les mangeait à l'aide d'une minuscule cuiller en argent, dans un mug du *Petit Prince* que je lui avais rapporté de Paris. Aucun adjectif ne pourrait décrire ce mug, cette cuiller, et le dernier sachet de myrtilles congelées que nous ne pouvions plus toucher. Combien de temps faut-il avant que le congelé devienne fossile ?

J'ai commencé à comprendre, dis-je, pourquoi les gens s'accrochent aux objets.

J'ai commencé à comprendre le contraire, dit-il. Toutes les choses tangibles, comme tous les substantifs, sont dispensables.

Qu'est-ce qui est indispensable, donc ?

Les adjectifs.

C'est discutable, dis-je. Qu'est-ce qui est indispensable, sérieusement ? Je m'y perds avec cette question.

Les substantifs, pour la plupart des gens, dit-il. Parce que vivre dans un monde défini par les substantifs est obligatoire.

Je réfléchis à sa réponse. Qui peut se passer des substantifs ? Pères, mères, fils, filles, amis, amants, logement, nourriture, carrière, retraite. Nous sommes les enfants courageux de parents encore plus courageux, nés dans une toile de substantifs, et nous sommes tous comme l'araignée Charlotte : nous tissons une toile pour nous-mêmes.

Sauf que Charlotte choisit des adjectifs, dit Nikolai, et elle le fait pour sauver quelqu'un d'autre.

Ah.

Tu ne peux pas répondre à la question *Qu'est-ce qui est indispensable ?* si tu ne comprends pas ce qui est dispensable.

Donc le dispensable sert l'indispensable, comme la fondation d'une pyramide et la pyramide elle-même ?

C'est une très mauvaise comparaison, dit-il.

Puissant, eupeptique, liminaire... Sans substantifs, tes adjectifs n'ont pas une grande signification concrète, dis-je.

Le monde connaîtrait une imagination plus débridée si on laissait les adjectifs se promener librement sans être obligés de modifier quoi que ce soit, dit-il.

L'imagination est une balle en caoutchouc à dix cents l'unité, dis-je.

Quoi ?

Oh, c'est une phrase que j'ai écrite dans un texte récent.

Assez facétieux, n'est-ce pas ?

Ce qui peut être imaginé, voulais-je dire, est comme ce qui peut être mis en mots. Les substantifs, les verbes, les adjectifs, les adverbes, les pronoms, les prépositions – peu importe combien on en juxtapose, ils ne sont pas à la hauteur. Je pouvais imaginer Nikolai arrivant cinq minutes avant son frère, me racontant sa journée tout en mangeant de temps en temps une noix de cajou. Je pouvais imaginer la perplexité de notre chien quand je déballais les cartons et qu'il reniflait ceux contenant les jeux de société de Nikolai, et ses livres, et ses outils pour fabriquer des anches de hautbois. Tu te souviens de lui, avais-je voulu lui demander, toi qui l'as connu toute ta vie ? Je pouvais m'imaginer rembobiner la vie et faire de nouveau à Nikolai ses plats favoris, et le regarder manger, ou écouter la conversation entre lui et son frère. Je pouvais m'imaginer réécrire la vie afin d'acheter du linge de table, et des moules à gâteaux, et des rideaux, et des fleurs, avec Nikolai. Avec ces imaginations-là, il m'était plus facile d'être triste, de pleurer, même, mais les larmes étaient un vernis passé sur l'indicible. C'était ce que je ne pouvais pas imaginer qui rendait le vernis dispensable : les cauchemars que Nikolai ne m'avait pas racontés au fil des ans, les pas qu'il avait faits et les pensées qu'il avait eues le dernier jour de sa vie, les adjectifs qu'il m'aurait appris, les jours et les années à venir – avec ou sans lui. L'indicible est une plaie qui reste ouverte toujours, toujours, et à jamais.

Oh là là, dit-il. Une plaie ouverte – j'ai l'impression d'entendre un mauvais livre de développement personnel (*self-help book*).

Est-ce qu'un livre de développement personnel ne parlerait pas plutôt de guérison ? dis-je. Aucun livre de développement personnel ne se vendrait s'il nous expliquait que la plaie resterait ouverte.

C'est vrai. Quand même, une plaie ouverte, qu'est-ce que c'est que ce vilain langage ?

Il n'y a pas de beau langage quand il s'agit de l'indicible, pensai-je. Il n'y a pas de précision, pas d'originalité, pas de perfection.

Bon, très bien, dit-il, si tu insistes.

N'aie crainte. Je serai bien la dernière personne à écrire un livre de développement personnel.

Est-ce que le contraire ne serait pas plus intéressant ?

Un livre sur le non-développement personnel ? demandai-je. Un livre de sabotage personnel ?

Plutôt un livre de développement des non-personnes, dit-il. Comme moi.

Ce n'est pas drôle.

C'est du bon sens, dit-il. Si tu as envie de lire, tu peux trouver mille livres qui prétendent t'aider dans ta peine ou ton deuil, ou t'aider à affronter les pertes et les traumatismes. En revanche, il n'y a aucun livre pour m'aider.

T'aider à quoi ? demandai-je.

Ce qui est nouveau pour toi l'est tout autant pour moi. Comment est-ce que je peux savoir quelle est la manière juste, ou bonne, ou saine, ou raisonnable, d'*être*, aujourd'hui ?

Il avait raison. Ni lui ni moi n'avions la moindre inclination pour la religion ou la métaphysique. Nous étions convenus d'avoir une conversation, alimentée par mon entêtement et sa bonne volonté. Mon entêtement, considéré par le monde comme de la démence, pouvait être pris en pitié et pardonné, mais il consistait aussi à croire en ceux qui n'y verraient pas de la folie. Sa bonne volonté était plus difficile à déchiffrer. Pourquoi rester présent et affûté comme si la mort n'avait pas laissé la moindre trace… Et si, dis-je, n'importe quelle manière que tu as d'être était la bonne ?

Ça fait très développement personnel, dit-il.

Quand on y pense, il n'y a peut-être rien de mal dans le développement personnel. Toutes les personnes ont besoin d'aide, dis-je.

Disons : si une personne cherche de l'aide, est-ce parce qu'elle veut être meilleure en soi, ou qu'elle veut mieux ressembler aux autres ?

Oh, dis-je. Je ne suis pas experte en la matière.

Imagine un livre de développement personnel qui aurait cette accroche en couverture : le secret du bonheur – être comme des millions d'autres.

Dans ce cas, un livre de développement est là pour aider une personne à mieux être elle-même, dis-je.

Mathématiquement, ça ne tient pas. Comment un livre peut-il aider des millions de personnes alors que chaque personne est différente ? Du coup, chacun doit avoir sa propre version. Chaque version comporte une dédicace : à ma personne la plus précieuse, qui ne ressemble à aucune autre.

Je t'en prie, ne sois pas insolent, dis-je.

J'essaie de comprendre aussi sérieusement que toi.

J'imagine que c'est comme planter de nouveaux arbres. Chaque arbre est unique mais, aux yeux de la nature hostile et des gens indifférents, tous les arbres doivent paraître identiques. Quelques tuteurs (*stakes*, également « enjeux ») universels peuvent les aider à tenir droit.

Je déteste tellement ça, quand tu as recours à des comparaisons.

C'est vraiment mauvais ? demandai-je.

Inutile, dit-il. Tu parles tout le temps d'arbres.

Ces derniers temps, mon esprit m'avait souvent ramenée aux arbres. Être parent, n'est-ce pas tuteurer ? On fait de nos torses des bâtons de bois robustes, de nos bras des courroies résistantes et de nos cœurs des liens délicats autour de la jeune écorce. On s'accroche aux arbrisseaux, on souhaite ne pas leur faire de mal, on espère qu'ils grandiront, mais les enfants ne sont pas des arbres. Parfois ils veulent suivre leur propre route – en marchant, en courant, en volant – sans se sentir contraints. Les enfants n'enfoncent pas toujours leurs racines.

Tant de choses en jeu, n'est-ce pas ? dit Nikolai.

Je t'en prie, ne te moque pas de moi. La question – ce qui est en jeu – revenait de manière récurrente pendant mon cours, quand mes étudiants parlaient de la fiction. J'avais dit un jour à Nikolai que j'étais devenue allergique à cette question.

N'empêche, il serait bien plus facile pour les parents d'élever uniquement des arbres, non ? dit-il.

Même les arbres meurent, répondis-je. Je lui racontai une visite dans un musée, des années auparavant, où j'avais suivi un arboriste et le directeur du musée pour un tour du jardin. Les arbres que vous voyez ici vont mourir dans une centaine d'années, dit l'arboriste devant un bosquet. Et d'expliquer que le musée devrait commencer à réfléchir à les remplacer avant qu'il ne soit trop tard.

Une centaine d'années, c'est long, dit Nikolai. Tu ne pourrais pas te plaindre de ne pas avoir assez de temps.

Perdre un enfant n'a rien à voir avec la quantité de temps qu'ont déjà vécue les parents.

Peut-être. Je suis triste pour toi. Tu n'as vraiment pas pensé à tout avant d'avoir des enfants.

Peut-être qu'aucun enfant ne naîtrait si les parents étaient capables de tout anticiper, dis-je. Je me demandais tout de même si c'était la vérité. Ne m'étais-je pas préparée des années durant à le perdre, à pré-vivre la douleur, même ?

Pourquoi as-tu fait des enfants, dit-il, si tu savais que ça pouvait arriver ?

Même la personne la moins optimiste du monde veut avoir un peu d'espoir.

Cet espoir dont tu parles, ce ne serait pas la définition du vœu pieux ?

C'est possible.

Si tu le comprends comme un vœu pieux, pourquoi es-tu encore triste, alors ?

Ma foi, dis-je. Parce que se préparer à une chose et en faire l'expérience, ce n'est pas pareil. Pré-vivre, ce n'est pas vivre. Je serai triste aujourd'hui et demain, et dans une semaine, et dans un an. Je serai toujours triste.

Je croyais que tu m'avais dit avoir retiré « toujours » de ton dictionnaire.

Jadis, dis-je. Tu l'y as remis pour moi.

Un dictionnaire n'est pas complet sans le mot « toujours », si ?

Tous les mots sont indispensables, tu ne penses pas ?

10

HARPONNÉE PAR LES FAITS

TON AMIE MARTHA m'a écrit, dis-je.

Elle est à l'université, maintenant, dit Nikolai. Comment va-t-elle ?

Je ne sais pas. Elle ne le dit pas dans sa lettre. Elle ne parlait que de toi.

Ah.

Je n'ai pas reconnu son nom, dis-je, mais quand elle a précisé qu'elle était la bassoniste je me suis souvenue d'elle.

Pauvre Martha. J'espère qu'elle a plus de temps pour travailler son instrument, maintenant.

Cette fille avait fait partie d'un orchestre de chambre avec Nikolai l'année précédente, et elle s'était fait tirer l'oreille plusieurs fois par le professeur de musique. Mais comment aurait-elle pu trouver du temps, à essayer d'être tout ce qu'elle pouvait être et à postuler pour les universités ? Au concert, l'hiver dernier, elle, Nikolai et un clarinettiste avaient interprété un trio de Bach. En plein milieu, elle avait raté une note et n'avait pas pu revenir dans la course. Elle était restée assise, élégante dans sa longue robe noire, souriant à Nikolai et au clarinettiste. Est-ce que tu t'es rendu compte qu'elle n'a pas joué la deuxième partie ? m'avait demandé Nikolai. Et quand j'avais répondu que non, ça lui avait fait plaisir. Elle a joué quelques notes vers la fin, avait-il ajouté, donc tout s'est passé comme si ç'avait été prévu de la sorte.

Je n'avais jamais discuté avec cette fille, mais ce souvenir m'était très cher.

Je me demande qui d'autre t'a écrit.

Tes amis, nos amis, tes profs, les parents de tes camarades de classe, des gens que tu ne connais pas, dis-je. Ah, et Lemony Snicket.

C'est une chose dont je ne peux pas me vanter, maintenant, dit-il. Lesquels de mes amis ont écrit ?

Attends, laisse-moi d'abord tourner, dis-je. J'attendais que le feu passe au vert et je ne voyais pas bien la route. J'avais une demi-heure devant moi avant mon cours, et je ne savais pas pourquoi mes larmes avaient commencé à couler entre une rue et la suivante. J'avais été prise en embuscade.

Je préfère encore harponnée. Moins saisonnier que l'embuscade.

Quoi ? demandai-je.

Réfléchis, Maman. On est en hiver. Il y a moins de probabilités pour que tu sois prise en embuscade.

Je regardai les buissons des deux côtés de la rue, nus et incapables de dissimuler quoi que ce soit. J'avais beau essayer, bien des choses que lui voyait, je ne les voyais toujours pas.

Se faire harponner est plus inévitable, dit-il, à moins de pouvoir éviter toutes les routes.

Le feu passa au vert. Je tournai dans une rue bordée de part et d'autre de vieilles maisons, mais sans buissons. Si tu te retrouves soudain en possession de quelque chose que tu ne comprends pas, dis-je, est-ce qu'il existe un moyen de s'en débarrasser rapidement sans le comprendre ?

De quoi s'agit-il ?

Les mots qui m'étaient fournis – perte, peine, chagrin, deuil, traumatisme – ne me semblaient jamais capables d'exprimer précisément ce qui me ravageait. On peut, on doit vivre avec la perte, et la peine, et le chagrin, et le deuil. Ensemble ils encadrent cette vie, aussi solides que le plafond, le sol, les murs, les portes. Mais il y a autre chose, comme un oiseau qui s'envole au premier signe de notre attention, ou comme un criquet qui stridule dans l'obscurité, jamais assez proche pour que l'on puisse déterminer de quel coin provient son chant.

Si je peux dire ce qu'est cette chose, répondis-je, est-ce que ça ne signifie pas, au moins, que je la comprends un peu ?

Est-ce que tu comprends un arbre, et ce qu'il ressent, dès lors que tu connais son nom ?

Il y a des encyclopédies, dis-je. Au moins, je peux en avoir une connaissance générale.

Une connaissance générale ne t'aidera pas. Vois plutôt les choses sous cet angle : si tu possèdes une chose, quelle qu'elle soit, par définition cette chose est à ta disposition.

Oui, par définition.

Alors disposes-en !

Comment faire si je ne sais pas ce que c'est ?

Est-ce que ce n'est pas notre lot quotidien ? dit-il. Le tien, j'entends. Pour moi, c'est fini. Si tu as mille dollars, c'est facile de trouver quoi faire de cet argent. Mais si tu as une vie, est-ce que tu comprends ce qu'est une vie ? Est-ce que tu sais quoi en faire ?

Une vie n'est pas une chose dont on peut disposer, protestai-je.

Quand je dis disposer, je ne veux pas dire qu'il faut la jeter, mais l'organiser.

Ah.

Pour bien des mots, dit-il, il existe des définitions meilleures que celles dont tu veux te servir.

Mon dictionnaire est limité.

Ça ne fait aucun doute.

Tu sais ce dont je me suis rendu compte ? dis-je. Je ne veux plus utiliser le mot « défectueux ». Je préfère limité.

Un caractère défectueux est limité, non ? Je suis défectueux, tu es défectueuse, on se reproche tous d'être défectueux.

Un caractère limité peut quand même être parfait.

Tu ne parles pas de toi ? demanda-t-il.

Oh que non. La perfection n'est pas mon ambition.

Si c'est de moi que tu parles, je ne peux pas me faire à l'idée d'être limité et de me considérer comme parfait, dit-il. C'est faux du début à la fin.

Ma compréhension est fausse ?

Tu te souviens que la Chenille disait cela à Alice ?

Ah, oui, dis-je. Quelques années plus tôt, nous avions fait un tour au Magasin d'Alice, à Oxford, et en avions rapporté deux affiches, l'une de la Chenille disant à Alice, du haut du champignon : « C'est faux du début à la fin » ; et l'autre, la Reine Rouge tirant Alice derrière elle et lui disant : « On est obligé de courir tant qu'on peut pour rester au même endroit. »

J'ai toujours trouvé ces deux phrases rassurantes, dit Nikolai.

Moi aussi. Mais pas toujours. Parfois.

D'un autre côté, dit-il, si on veut, on peut choisir n'importe quelle quantité de phrases, dans n'importe quelle quantité de livres, et les trouver rassurantes.

Pas moi, dis-je. Pas en ce moment.

Pourquoi ? Tu n'as pas plus besoin de ces mots apaisants, désormais ?

Je ne cherche aucun aliment-réconfort dans les livres.

Quel mal y a-t-il avec les aliments-réconfort ? J'aime tes petits pancakes.

Les petits pancakes, c'était le nom que Nikolai, en maternelle, avait donné à un plat que j'avais improvisé. Un simple mélange de farine, d'œufs, de sucre. Et la clé de leur réussite était que chacun avait sa propre forme, irrégulière, qui ne représentait ni un chiffre, ni une lettre, rien que l'imagination ne puisse identifier. Il n'y avait pas deux pancakes semblables, de même qu'il n'y avait pas deux feuilles d'arbre semblables. Le Dr Seuss avait inventé vingt lettres après le Z de zèbre. J'en avais donc fait des centaines pour Nikolai et son petit frère. Comme écrire des histoires pour seulement deux lecteurs.

Ce qui nourrit ton ventre ne devrait pas être la même chose qui nourrit ton esprit, dis-je.

Cette idée est scientifiquement erronée.

Oui, aux niveaux cellulaire et moléculaire, je serais d'accord avec toi. Est-ce que je t'ai parlé de cet homme que nous sommes allés voir pour le suivi du deuil ? Il nous a demandé d'imaginer l'univers comme un chaudron géant rempli de soupe moléculaire. Ces molécules-ci produisent cette table, celles-là ont produit Nikolai, dis-je en imitant ce médecin, et je me mis à rire.

S'il t'a fait rire, ne dirais-tu pas qu'il est efficace ?

Quand nous étions entrés dans son cabinet, l'homme avait également dit : « Je sens une souffrance imminente. » Mais je n'en parlai pas à Nikolai.

Quelques rires ne durent pas, dis-je.

Rien ne dure.

Certaines choses durent.

Comme quoi ? Ne me réponds pas l'amour.

Notre conversation actuelle.

Je note que tu as employé un adjectif, dit-il. Pas nos conversations passées, ou nos conversations futures ?

Le mot « futur » n'est pas nécessaire si cette conversation dure, dis-je. Tu ne crois pas qu'en l'occurrence le mot « sans futur » n'est pas du tout un mot triste ?

Comment sais-tu que ça va durer ?

En effet, pensai-je, comment pouvais-je le savoir ?

Et les conversations passées ? demanda Nikolai.

Ce sont des souvenirs.

Et tu ne crois pas que les souvenirs durent ?

On aimerait qu'ils durent, dis-je.

Donc les souvenirs sont comme les cellules. Toujours remplacés par d'autres ?

Je réfléchis. Sans ces remplacements, ses souvenirs resteraient-ils vifs et inoubliables ? Étaient-ils en train de devenir une partie de son omniscience ?

Je n'y ai jamais pensé, dit-il. Ce n'est pas ma préoccupation, tu comprends ?

Je ne sais pas, parce que je ne sais pas quelles sont tes préoccupations ces derniers temps.

Tu le savais, avant.

Oui.

Pourquoi plus maintenant ?

Ce serait ridicule de dire que je sais quoi que ce soit de toi maintenant. Je disais toujours qu'on peut connaître quelqu'un sans le comprendre, mais je n'ai jamais cru que l'inverse soit vrai, jusqu'à aujourd'hui.

Tu me comprends sans me connaître ? demanda-t-il.

Soyons honnêtes. La mort est un fossé, qu'importe le peu de crédit que toi et moi mettons dans sa capacité à séparer.

Est-ce que mes amis pensent la même chose ? Qu'il y a un fossé entre eux et moi ?

Certains des amis de Nikolai lui avaient écrit, lui rappelant les moments qu'ils avaient passés ensemble et lui demandant pourquoi il était parti si brutalement. D'autres nous avaient écrit, nous rappelant les moments qu'ils avaient passés ensemble, sans nous demander ce qui l'avait poussé à partir aussi brutalement.

Par certains aspects, dis-je, ils ne le ressentent pas du tout. Mais par d'autres, ils le ressentent très fort.

Je suis obligé de te signaler qu'une phrase comme celle-là n'a pas de sens, dit Nikolai. Tu peux l'appliquer à n'importe quelle situation pour avoir l'air profond.

Pour ta propre gouverne, sache que je n'ai jamais utilisé profond dans mes textes, dis-je.

Voilà bien un adjectif que je ne défendrais pas.

Mais je pense aux lettres de tes amis.

Ne te moque pas de leur style.

La mort de Nikolai, les gens avaient du mal à en parler. Mais ses amis, quand ils écrivaient, n'étaient pas tenus de recourir à des formules toutes prêtes par impuissance, par maladresse ou par politesse. Ils écrivaient depuis un lieu où Nikolai était encore un des leurs et où on leur disait qu'il n'était plus un des leurs.

S'il y a une chose dont on peut se moquer, dis-je, c'est la vitesse à laquelle nous, les adultes, sommes à court de mots face à une situation inhabituelle ou indésirable.

Inhabituelle ou indésirable ?

Il est parfois difficile de faire la différence.

Une situation inhabituelle n'est pas forcément indésirable, dit-il. Par exemple, le coup de foudre.

Tu es vraiment très à cheval sur les mots.

C'est toi qui dis toujours précision, précision, précision.

Alors, si tu préfères : Nous les adultes, nous nous sentons vite à court de mots quand les mots dont nous disposons ne peuvent accomplir la moitié de ce que nous voudrions qu'ils accomplissent.

La moitié, ou le quart ?

Nous nous sentons à court de mots quand ils ne peuvent pas accomplir entièrement ce que nous voudrions qu'ils accomplissent, dis-je.

Ils ne le peuvent jamais, dit Nikolai.

Justement.

Pourquoi ne pas se contenter du pourcentage dont ils sont capables ? demanda-t-il.

Imagine-toi écrire une lettre de condoléances comme celle-ci : Je sais que mes mots ne suffisent pas à exprimer à quel point je suis dévasté par cette perte que tu subis, et que mes mots ne feront pas grand-chose pour alléger ta douleur, mais ces mots sont tout ce que j'ai…

Ça me paraît raisonnable, dit Nikolai.

Je n'ai pas terminé. Ces mots sont tout ce que j'ai et nous devons nous en contenter, en croyant, toi comme moi, en la largesse d'une telle indigence.

Donc les gens sont trop modestes pour dire ça ?

Ou gênés, dis-je. Ils ne savent pas quoi dire. Ils ne veulent pas dire la chose qu'il ne faut pas, peut-être.

Quelle est la bonne chose à dire ?

Il n'y a pas de bonne ou de mauvaise chose à dire dans cette situation. Tes amis ont tous l'air de savoir quoi dire.

Parce que ce sont *mes* amis.

Non, pas seulement. Ce sont tes amis, mais ils sont jeunes, aussi.

Qu'est-ce que c'est que ce jeunisme, dit-il. Tu ne devrais pas en vouloir à quiconque parce qu'il ou elle est jeune.

Au contraire. Ce que j'essaie de te dire, c'est que nous avons été jeunes. Et tes amis, un jour, grandiront et deviendront aussi crétins que nous. Ils perdront cette chose unique qu'ils ont aujourd'hui.

Quoi donc ?

Tes amis te retrouvent là où tu es.

Où d'autre pourraient-ils me retrouver ?

Certes, mais pense au courage extraordinaire qu'il leur faut pour te retrouver là où tu es. Nous, les adultes, nous avons tendance à rester bloqués par un fait, et pour beaucoup de gens tu es devenu un fait. Difficile à accepter. Impossible à comprendre. Malgré tout, tu es un fait et c'est comme ça que désormais ils préféreront penser à toi et se souvenir de toi.

Pas moi, mais ma mort, dit-il.

Rectification importante, mon chéri.

Que font les gens quand ils ne peuvent pas accepter une chose qu'ils ne comprennent pas ?

Ils demandent : Comment est-ce que ç'a pu arriver ? Qu'est-ce qui n'a pas marché ? Ou alors ils disent des choses comme quoi dans la pire des situations il y a toujours un bon côté, à condition de laisser agir la magie de mots tels qu'amour et espoir.

Est-ce que ça te dérange ? demanda Nikolai.

Non.

Pourquoi donc ?

Parce que les gens qui te connaissent et ceux qui me connaissent nous retrouvent là où nous sommes. Les gens qui ne te connaissent pas et ceux qui ne me connaissent pas ne sont que des faits. Défectueux ou limités, quel que soit l'adjectif que tu préfères.

Tout comme nous sommes des faits défectueux pour eux.

Exactement, dis-je.

Est-ce que les faits se retrouvent entre eux, donc ?

Dans les contes de fées, dis-je, mais pas dans cette vie.

Ni dans aucune vie, dit Nikolai.

11

J'AURAIS AIMÉ QUE TU SOIS DE NOUVEAU LÀ

Wishing you were somehow here again, wishing you were somehow near.

J'aurais aimé que tu sois de nouveau là, j'aurais aimé t'avoir près de moi. La phrase n'arrêtait pas de tourner dans ma tête. Un peu plus d'un an auparavant, j'avais perdu un ami très cher, et pendant plusieurs jours j'avais écouté cette chanson. *Help me say goodbye,* aide-moi à te dire adieu, comme si les morts avaient la sagesse, le courage, l'envie, de nous tendre la main. Et eux, qui les aide à dire adieu ? Pas nous, les vivants, limités par notre moi vivant.

Tant de chansons, comme tant de gens. Ils vont et viennent, ou ne sont jamais rencontrés. Il doit y avoir un moment, quand on est jeune, où la vraie vie semble se trouver dans mille chansons encore à découvrir, dans mille autres chansons vouées à nous échapper, faisant fi de notre désir de les rendre permanentes. Et ce changement – à savoir que les rares chansons qui demeurent, chance ou destin, sont plus prodigieuses que tout ce que le monde peut nous offrir –, est-ce que chacun en fait l'expérience, ou seulement certains d'entre nous ?

J'aurais aimé que tu sois là aujourd'hui, dis-je.

Tu dis ça tous les jours.

Non.

Tu le penses tout le temps. Si tu ne le dis pas à voix haute, c'est parce que tu ne veux pas passer pour une dégonflée.

Je ne veux pas passer pour une dégonflée, dis-je, et je ne suis pas tout le temps une dégonflée. Mais je voudrais vraiment que tu sois là aujourd'hui. Il neige.

La neige, la toute première de la saison, s'était mise à tomber dans la matinée. En fin d'après-midi, les petites traces de pattes, et celles, moins petites, de baskets, laissées sur le patio par le chien et J., qui avaient pour la première fois vu la neige tomber, étaient déjà recouvertes. Pendant un moment j'étais restée assise, immobile, le menton dans les mains, les coudes sur la table, à regarder tomber la neige, jusqu'à ce que je m'aperçoive que cette pose était une reproduction d'un plan célèbre d'un film taïwanais des années 1970, celui d'une lycéenne rêveuse en train de regarder par la fenêtre.

Il y a une expression qui décrit ça, dit Nikolai.

Qu'il était curieux et rassurant, pensai-je, que mon esprit puisse errer, mais jamais loin de sa portée. Un vieux tableau, tu veux dire ? demandai-je.

Oui. J'ai toujours du mal à m'en souvenir.

Tu ne perds rien à ne pas t'en souvenir, dis-je. Elle est irrespectueuse.

J'aime les expressions de toutes sortes. Je ne suis pas aussi critique avec les mots qu'avec les gens.

Je m'aperçus alors que cette pose était aussi celle de Charles Bovary, qui, menton dans les mains, regardait Emma avec une « sérénité stupide ».

La sérénité est un mot galvaudé, dit Nikolai.

Stupide est un adjectif nécessaire, ici.

Je me demande si la stupidité ne fait pas partie des choses qui font tourner le monde, dit-il.

J'espère que non.

On peut en discuter, mais ça ne nous mènera nulle part. Quand on y pense, stupide est un mot difficile à employer.

Pourquoi ?

Parce qu'un enfant de trois ans peut l'employer sans se tromper.

Pas si vite, dis-je. Il se trouvait que j'avais cherché dans le dictionnaire, l'autre jour. Je rencontrais suffisamment de stupidités absolues pour ne pas enquêter sur le mot. « Stupide », du latin *stupidus*, « être engourdi », « être sidéré ».

Donc ?

Donc d'une certaine façon le mot est mal employé. Il a perdu son sens plus émotionnel, dis-je. Quelque chose se passe, et on est étourdi, on est engourdi, on est émoussé. Il y a beaucoup plus d'émotions et de sensations en jeu dans la stupidité.

Et les phrases stupides – dit Nikolai – qui ont tellement peur de trébucher sur une virgule de série qu'elles sont obligées de l'éviter.

Oh, ces pauvres phrases ne devraient pas endosser la responsabilité de choix qu'elles ne maîtrisent pas, dis-je. Nikolai était un ardent défenseur de la virgule de série.

Cette stupide levure qui se met en grève dans du lait bouillant, dit-il.

Je ris. La première fois qu'il avait fait du pain de courge, il n'avait pas attendu que le lait refroidisse avant d'incorporer la levure. Nous avions bien ri à cause de la pâte qui refusait de se lever pour l'occasion.

À toi, dit-il.

Je n'avais pas compris que c'était un concours.

Je réfléchis un moment. Ce stupide sel qui se prend pour de la neige camouflée, dis-je.

J'ai gagné.

Pas tout à fait, dis-je. La neige est si froide que le sel est obligé de se sentir transi.

Transie : voilà un mot pour me décrire moi-même pendant toutes ces semaines, transie et cependant pas sidérée.

Cette stupide rivière qui laisse une pierre rebondir sur sa surface, dit-il.

J'eus un pincement au cœur. Quelques jours avant qu'il fête ses seize ans, j'avais emmené Nikolai et deux autres enfants faire du kayak. C'était un après-midi parfait, ensoleillé, frais, la rivière était paisible, les arbres sur les deux rives commençaient à dévoiler leurs premières nuances d'or et de rouge, quelques branches mortes flottaient le long du canal. Les enfants avaient discuté, chanté et, plus tard, entamé une longue promenade sur le chemin bordé d'arbres, s'arrêtant de temps en temps pour faire des ricochets. Ils croyaient en leur bonheur, comme les derniers jours de l'été croient en leur immortalité. Pendant que je les observais, mon cœur s'était serré avec une telle violence que je m'étais crue terrassée par une maladie soudaine.

Tu ne fais que te souvenir à partir d'un lieu différent et ajouter tes émotions, dit Nikolai.

Non, protestai-je. Certains souvenirs ne peuvent pas être modifiés. Ils sont ce qu'ils sont.

Très bien, si tu le dis.

Nous restâmes un instant silencieux. La neige, dis-je. Tu l'aurais adorée.

Nikolai ne répondit pas. La dernière fois que nous avions vécu dans un endroit avec de la neige remontait à plus de douze ans. Il avait alors trois ans et, avec l'aide de ses parents, avait fait un bonhomme de neige trois fois plus grand que lui. Je me demandais s'il avait conservé le moindre souvenir de ce bonhomme de neige.

Massacré par deux petits garçons barbares, dit-il.

Barbares, dis-je, doutant que ce fût le meilleur adjectif.

Je l'emploie sans aucune connotation politique. Qu'est-ce que les gens sont sensibles, de nos jours. Je parle du point de vue d'un enfant de trois ans.

Il était vrai que le bonhomme de neige n'avait pas duré, né et détruit le même jour. Deux garçons de sept ou huit ans l'avaient attaqué. Avant que nous puissions le sauver, sa tête avait été écrabouillée et son corps éclaté à coups de pied.

Quels autres souvenirs as-tu de cet appartement ?

Pas grand-chose. L'aire de jeux. Le caillou rouge.

Ah, oui, dis-je. Il n'y avait jamais eu de caillou rouge, mais un jour il s'était entaillé l'orteil et avait tellement saigné qu'un des cailloux était devenu rouge. Dans son désarroi, il croyait que ce caillou rouge était responsable de ce mauvais tour et, à partir de là, tous les cailloux rouges devenaient dangereux.

La résidence, tout en béton et en métal, était un ancien baraquement militaire, mais elle servait depuis lors de logement bon marché pour les étudiants et les universitaires du monde entier en visite. Il suffisait de marcher vingt minutes dans une direction pour rencontrer des champs de maïs. Dix minutes dans une autre direction, et on tombait sur un ancien campement d'où des milliers de Mormons d'origine anglaise et galloise avaient commencé leur trek vers l'ouest, sans presque rien d'autre que les charrettes vides qu'ils avaient fabriquées pour leur migration – la ville où nous habitions avait été en 1865 le terminus de la voie ferrée de l'ouest. À deux heures de voiture vers le nord, il y avait une maison où Antonín Dvořák avait passé l'été 1893 pour composer le *Quatuor américain*. La semaine précédant sa mort, Nikolai avait été surpris de constater que personne n'avait reconnu un thème de Dvořák lors d'une leçon d'orchestre.

Tu savais que Dvořák avait perdu trois enfants ? demandai-je. J'ai découvert ça aujourd'hui.

Je ne le savais pas, dit-il.

Le jour de nos adieux à Nikolai, une amie proche joua au violon les *Chansons que ma mère m'apprenait*, de Dvořák. Je ne lui avais pas appris beaucoup de chansons, je ne lui avais pas lu beaucoup d'histoires. Mais je l'avais regardé vivre une vie riche qui valait bien les chansons et les histoires éternelles.

Aïe, dit-il. On dirait une mauvaise phrase tirée d'une biographie à l'eau de rose.

Un parent ne devrait jamais être le biographe de son enfant, pensai-je. Alors si tu préfères, dis-je, tu as vécu une vie dont la richesse a été à la fois appropriée et inappropriée.

Appropriée et inappropriée à quoi ? dit-il. Qu'est-ce que je déteste cette manie que tu as d'employer les formes contraires du même mot dans une phrase. Il n'y a pas de précision. Et pas le moindre argument à faire valoir.

Je tressaillis. Quand il avait huit ans, alors qu'il prenait un taxi avec une amie, éditrice de son état, il avait critiqué une de mes nouvelles qu'elle avait publiée, lui expliquant qu'elle aurait dû m'inciter à travailler davantage sur les profils de mes personnages.

Ah, ça, dit-il. Je vous ai donné du fil à retordre, à toutes les deux, mais uniquement parce que j'en avais envie. N'empêche, il faut que tu saches que richesse est un mot dont on abuse, approprié ou inapproprié.

Intensité ?

Tout aussi mauvais.

Élégance, ingéniosité, perspicacité ?

Mon Dieu. Tu devrais peut-être t'en tenir à des substantifs simples, comme les arbres et les fleurs, et les feuilles, les oiseaux et les étoiles.

Et la neige.

Oui, dit-il. Pourquoi pas ?

Pourquoi pas, pensai-je. Car un substantif ne reste pas toujours un mur. Même le plus simple des substantifs peut devenir un tunnel, une trappe, un labyrinthe, un vide, le Colisée, la Grande Muraille de Chine, *Nuit étoilée sur le Rhône*, les chansons qu'une mère doit encore apprendre à son fils, les histoires qu'une mère choisit de ne pas raconter. On peut placer sa confiance dans les substantifs solides – maison, garage, route, petit déjeuner, déjeuner, dîner, semaine, weekend, vacances – comme on peut jouer au piano les mélodies les plus simples avec un seul doigt. *Ah ! vous dirai-je, maman, I'm a little teapot, Mary had a little lamb, Hey diddle diddle,* sauf que tout à coup ce n'est plus un doigt inexpérimenté sortant une note à la fois, mais une incontrôlable œuvre pour quatre mains. Deux inconnus en train de jouer. L'un scrupuleusement, l'autre témérairement ; l'un délicieusement, l'autre impitoyablement. Qui êtes-vous ? Improvisez-vous pour vous distraire, ou êtes-vous obligé de jouer cette musique inappropriée qu'on appelle la vie ?

Qu'est-ce que représente la musique pour la vie ? demanda soudain Nikolai.

En sixième, il avait écrit un poème, dont se souvenaient mes amis le jour où ils étaient venus lui dire adieu, et récité par ses amis le jour où ils lui avaient dit adieu sur l'autre côte. J'avais placé la première strophe parmi ses photos, dans mon bureau :

Ma vie
C'est le Kansas
Et la musique

Que représente la musique pour la vie ? répétai-je. À toi de me le dire.

Tu as gardé tous les disques de hautbois ?

Oui, dis-je. Son professeur de hautbois lui avait offert des disques de plusieurs grands maîtres de l'instrument.

Quand tu les écoutes, tu comprends à quel point ils sont parfaits, dit-il. J'aurais bien aimé pouvoir jouer ne serait-ce qu'une seule note avec la même perfection qu'eux.

Ces disques, je n'avais pas pu en écouter un seul au-delà de la première phrase. N'importe quelle musique contenant du hautbois m'était insupportable.

Tu apprends encore, dis-je.

J'apprenais. J'apprenais. Mais voilà ce dont je me suis rendu compte. La musique peut être parfaite.

Et la vie ne peut pas l'être ? demandai-je.

Que la vie ne soit pas parfaite, ça ne me dérange pas. Mais que je ne puisse pas me perfectionner dans une vie imparfaite, ça me dérange.

La perfection est comme un flocon de neige tout seul, dis-je. Il fond.

Un perfectionniste fond aussi, Maman.

12

INERTIE

ON A ACHETÉ un petit arbre hier, dis-je.

Le petit arbre d'e.e. cummings ? demanda Nikolai.

Bon sang, dis-je, j'avais oublié tout ça.

Donc vous êtes sortis et vous avez acheté un petit arbre, comme ça, sans raison ?

Pour Noël, dis-je. Ce n'est pas une raison suffisante ?

Non. Je pensais que tu avais acheté l'arbre à cause du poème, et j'envisageais de te pardonner.

En sixième, Nikolai avait choisi le poème de cummings pour un exposé. Il n'était pas souvent attiré par la chaleur et la luminosité en littérature, et son commentaire avait été aussi charmant que le petit garçon du poème.

lève tes petits bras
et je leur donnerai tout à te faire tenir
chaque doigt aura son anneau
et pas un seul endroit ne sera sombre ou malheureux

Il parle depuis un lieu sombre et malheureux, tu sais ? dit Nikolai.

Je sais. Tu disais aussi que l'arbre était un orphelin.

Ah oui ? Je ne m'en souviens pas.

Oh, toi et moi on écrit souvent sur les orphelins.

Et maintenant, avec un arbre tu as fait un orphelin de plus, dit-il.

Orphelin, veuve, veuf, pensai-je, mais comment appelle-t-on un parent qui a perdu un enfant, un frère ou une sœur qui a perdu un frère ou une sœur, un ami qui a perdu un ami ?

Puisque je te dis que les substantifs sont limités, reprit-il.

Ce sont les mots qui le sont.

Nikolai et son petit frère s'étaient fortement opposés à ce que nous achetions de vrais sapins, abattus pour décorer une fête humaine pendant seulement quelques semaines. Nous avions donc gardé un sapin artificiel, que nous ressortions tous les ans, avec des décorations accumulées depuis le tout premier Noël de Nikolai. Mais le sapin n'avait pas déménagé avec nous, et nous ne pouvions pas, pensais-je, aller en racheter un. La vie d'un sapin artificiel est désespérément longue.

Ce n'est pas justement ça, l'intérêt ? demanda Nikolai. D'avoir quelque chose qui dure, plutôt que tuer un arbre chaque année ?

C'est un arbre minuscule, dis-je. On dirait plutôt une plante en pot. À peine assez gros pour Alice une fois qu'elle a rétréci.

Un arbre minuscule reste un arbre.

On peut le laisser pousser après Noël. Il ne sera pas abandonné sur le trottoir.

Peu importe.

Oh, toujours aussi critique, protestai-je en pensée. Et impitoyable. Et inflexible.

Avec pitié et flexibilité je pose la question, dit-il. Est-ce que vous l'avez décoré ?

Merci. Oui, nous l'avons décoré.

La veille, j'avais choisi cinq décorations, les moins lourdes que nous possédions : une maison, un bonhomme de neige, une mitaine, un pingouin, deux chiens frères partageant une chaussette. Les fines et souples branches avaient bien tenu.

Et des cadeaux ? Des petits paquets sous le petit sapin ?

Uniquement s'ils sont de la taille d'une boîte d'allumettes, dis-je. Mais on ne peut pas mettre de cadeaux à l'intérieur. À l'instant où je dis cela, un souvenir depuis longtemps enfoui refit surface. Avant que j'apprenne à lire, mon père me gardait des boîtes d'allumettes usagées. Elles me servaient à plein de choses. Je les reliais ensemble pour en faire des trains, parce que je n'avais jamais voyagé en train, j'en faisais des canapés, parce que je ne connaissais les canapés qu'en images, et j'en faisais des forteresses, d'après les épopées militaires que j'avais écoutées à la radio.

Du coup, dit Nikolai, c'était comme des Lego ?

Au diable les Lego ! Ces boîtes d'allumettes étaient inappréciables.

Affirmation douteuse. Elles étaient inappréciables seulement parce que ta mémoire les rend telles.

Très bien. Tu as raison.

Et puis je n'aime pas le mot « inappréciable ».

C'est un adjectif, dis-je. Je ne voulais pas lui dire que j'avais appris ce mot grâce aux publicités Mastercard, à la télévision, quand j'étais arrivée en Amérique.

Je sais, je sais, dit Nikolai. Mais il dérive d'un substantif ignoble. Comme épouser un crapaud par pur intérêt. Cela a un prix.

On ne peut pas dire que tout a un prix ? demandai-je. Les fleurs sur la table, les photos dans les cadres, les pingouins en peluche – au nombre de quarante et un – blottis les uns contre les autres, une vie vivable, une mort inévitable, le chagrin et le stoïcisme, la peur et le désespoir. Un moi qui, trop proche, ne supporte pas l'examen auto-flagellateur ; trop éloigné, un moi devient un membre fantôme.

Presque tout, sauf une seule chose, dit-il. Le temps n'a pas de prix.

Bien sûr que si.

Tu n'as rien à faire pour que les minutes et les heures et les jours arrivent, dit-il. Quand je dis tu, je parle de tout être vivant. Tu ne peux même pas empêcher le temps de t'assaillir.

Il doit partir à un certain prix, donc ? demandai-je. Bien dépensé, pensai-je. Mal dépensé. Si nous n'avons pas à gagner notre temps, avec quelle facilité nous le dilapidons.

Qui est le plus critique, pour le coup ? fit Nikolai. Le temps que tu dépenses en lisant est tout aussi dilapidé que celui qu'un autre dépense en jouant à Angry Birds.

Un jour, en maternelle, il avait dit qu'il aurait bien aimé avoir une mère comme celle de son copain, qui passait son temps à jouer à Angry Birds dans la cuisine.

Et il ne t'est jamais venu à l'esprit que le temps bien dépensé est une chose surfaite ? demanda-t-il. Bien dépensé selon qui ?

Mon temps dépensé selon mes propres critères.

Et comment sais-tu que tes critères ne sont pas problématiques ?

Je n'en sais rien. Pour tout dire, je pense qu'ils peuvent être parfaitement problématiques.

À savoir ? demanda-t-il.

Je réfléchis quelques instants. Quand j'avais ton âge…

La pire manière pour les parents de lancer une discussion, dit-il. Comme si les gens qui ont le même âge par défaut appartenaient à la même espèce.

Mais on appartient à la même espèce.

Ne sois pas si littéraire.

Quand j'avais seize ans, dis-je, j'ai recopié dans mon journal intime un proverbe tiré d'un livre datant de la dynastie Ming. Traduit du chinois, ça donne à peu près ça : *Si ce n'est grâce au frivole, comment réussit-on à atteindre l'autre rive de la vie ?*

En d'autres termes, si ce n'était grâce à mon célèbre glaçage, comment ai-je pu gagner cent quatre dollars à la vente de gâteaux ?

Je ris. Son glaçage avait été un éternel sujet de discorde entre nous. La quantité de sucre qu'il utilisait me faisait souvent tressaillir.

J'ai alors pris la résolution de suivre le conseil du vieux livre, dis-je.

Comment as-tu perdu le goût du frivole ?

Je ne l'ai pas perdu. Ce que je pensais être frivole s'est révélé être la vie. Ma vie.

C'est-à-dire ?

La lecture.

Ah, ça, dit Nikolai.

De mon temps... dis-je. Réflexion faite, je m'interrompis.

J'espère que tu ne vas pas me parler comme tant de parents. De notre temps, comme si le temps s'embêtait à être différent pour chaque génération.

Bien vu, dis-je. Une vie ayant du sens, quand j'étais jeune, ne laissait aucune place à la poésie, ou à la fiction, ou à la philosophie, ou à la rêverie. C'est peut-être toujours le cas. Donc tu as raison. Comment est-ce que je peux dire que mon temps est mieux dépensé en lisant plutôt qu'en jouant à Angry Birds ?

Au moins, tu es plus douée pour la lecture que pour les jeux. Et tu es chanceuse.

Comment ça ?

Les choses dans lesquelles tu excelles ne sont pas toujours tendres avec toi en retour, dit-il.

Elles n'ont pas été tendres avec toi, n'est-ce pas ? dis-je. Nikolai avait excellé dans plein de choses.

Être bon et être parfait, c'est différent, dit-il.

Inlassablement, on en revenait à cet adjectif : parfait. N'y avait-il donc aucune échappatoire à ce piège ? N'y avait-il pas quelque chose – même quelque chose de frivole – qui aurait pu l'aider à atteindre sain et sauf l'autre rive ?

Je suis déjà sur l'autre rive, dit-il.

Les gens ne le voient peut-être pas sous cet angle.

Ils pensent que je suis une épave, c'est bien ça ?

Je ne dis rien.

Ils peuvent penser ce qu'ils veulent, dit Nikolai. Les gens ont peur de la mort, les gens ont peur des morts, et les gens ont peur des choix originaux.

Je me demande si la peur n'est pas ce qui fait avancer les gens dans la vie, dis-je.

La plupart des gens te diront qu'ici espoir est un substantif plus pertinent, dit-il.

Qui connaît la différence entre l'espoir et la peur ?

Voilà une bonne question bien confuse.

Ah, je me souviens d'un autre jouet de mon enfance, dis-je.

Ce que les mères peuvent être nostalgiques.

Sauf qu'il n'était pas à moi, dis-je. C'était une toupie que les plus grands faisaient tourner dans la cour. Mais même si tu ne sais pas à quoi elle ressemble…

Je le sais, Maman. Je ne suis pas stupide. Et je sais que tu vas t'en servir pour faire une vilaine comparaison. Tu vas dire : Nous sommes les toupies, et la peur nous fouette, et l'espoir nous fouette, donc la peur et l'espoir doivent être la même chose.

Je réfléchis un instant. Non, ce n'est pas ce que je comptais dire.

Ou alors tu vas dire : L'espoir est la toupie, et la peur la fouette.

Non.

La peur est la toupie, et l'espoir la fouette.

Non !

Dans ce cas, tu vas dire la chose la plus rafraîchissante du monde – Destin, ô Destin, ô Destin, c'est toi qui nous fouettes !

Arrête de parler à ma place ! Peu importe qui ou ce qui nous fouette, dis-je. Dans tous les cas, ce n'est pas tout le temps. Donc ma question est : Qu'est-ce qui nous fait avancer ? La peur ou l'espoir ?

Scientifiquement parlant, c'est l'inertie rotationnelle.

Donc l'espoir est une espèce d'inertie ? La peur aussi ?

Oh, Maman, tu deviens tellement confuse.

Je suis confuse, me dis-je, parce que je pourrais continuer de penser, mais je ne parviendrais pas à la moindre clairvoyance : qui, de l'espoir ou de la peur, avait rendu la vie invivable pour lui ?

Je n'ai jamais qualifié la vie d'invivable, dit-il. Je n'ai jamais vécu un seul jour sans avoir quelque chose qui compte, quelque chose pour lequel vivre.

Mais pas un seul jour avec simplement le frivole ?

Qu'est-ce qui, dans ma vie, relèverait uniquement du frivole ?

Pas la musique, pensai-je. Ni la littérature, ni le sport, ni l'amitié. Faire des gâteaux ? Faire la cuisine ?

Du tricot ? Du jardinage ? Acheter des ustensiles de cuisine, du fil, des écharpes, des chaussettes colorées ? Choisir des cadeaux pour les amis ? L'intensité rend la frivolité inaccessible. Pourtant, tout ce qui a une signification a un poids, aussi. Un bateau peut-il naviguer quand il est chargé de ce qu'il n'est pas équipé pour transporter ?

J'ai navigué, dit-il, à ma manière.

Y avait-il eu un moment où j'aurais dû savoir que ce qu'il appelait sa manière était de mauvais augure ? La fois où, après avoir vu le film *Les Misérables* à l'âge de douze ans, il avait lu trois fois le roman pendant l'été ? Ou même plus tôt, quand son institutrice de huitième m'avait envoyé des poèmes de lui évoquant une tristesse inconsolable ?

Oh là là, mauvais augure ? Mais je ne faisais qu'être moi-même, dit-il.

Est-ce une maladie mortelle pour certaines personnes, pensai-je, que d'être simplement elles-mêmes ?

Et *Les Misérables*, dit-il. Ça me donne l'impression de rajeunir.

À présent le roman était dans sa bibliothèque, avec un petit buste en métal de Victor Hugo non loin de là. Il y avait un recueil des poèmes de George Herbert, qu'il avait pris dans ma bibliothèque à peu près en même temps que *Les Misérables*, mais pas encore étudié. Il y avait des bobines de fil non dévidées (*unknit*), des livres de recettes non essayées (*untried*), des années de vie non vécue (*unlived*).

Ne t'appesantis pas sur le préfixe, dit-il.

Quoi ?

Tu peux ajouter « dé » à des tas de mots et te détruire.

Détruire, pensai-je. Détruite. Ces mots faisaient partie de ceux que je ne prononçais pas à voix haute. Néanmoins, je les avais entendus dans certaines bouches pour évoquer Nikolai. Même si les gens pouvaient se retenir de les prononcer, ces mots n'étaient jamais loin, ils planaient patiemment au-dessus de moi. Les mots sont des faucons, nos esprits sont leurs dresseurs.

Non, nos esprits sont les cibles, dit-il, la proie.

Qui dresse les mots, alors ?

Je ne sais pas.

J'avais du mal à déterminer si sa réponse indiquait qu'il se désintéressait, ou qu'il s'estimait vaincu. Peut-être la première option, pensai-je. Il n'avait jamais renoncé à une discussion pour cause de défaite.

De toute façon, détruire (*undo*) est un mot galvaudé, dit-il. Tu pourrais aussi bien dire *unfollower* ou *unfriender*.

Ce n'est pas pareil, dis-je. Tu peux facilement *unfollower* ou *unfriender* quelqu'un. En revanche, tu ne peux pas détruire beaucoup de choses dans la vie. Pour l'essentiel.

Ce qui peut être *unfollowé* ou *unfriendé* n'a pas d'importance. Ces mots, Dieu sait que ce sont vraiment des mots fabriqués. En apparence ils t'offrent une possibilité, mais cette possibilité n'est plus là quand il s'agit de ce que tu as véritablement besoin d'*unfollower* ou d'*unfriender*.

Quoi, par exemple ?

La mort.

Si la mort ne peut être *unfriendée* ou *unfollowée*, dis-je, est-ce qu'il ne devrait pas en être de même avec la vie ?

Je n'ai ni *unfriendé*, ni *unfollowé* la vie, Maman. Si ç'avait été le cas, tu ne m'aurais pas trouvé. Nous ne serions pas en train de discuter.

Qu'est-ce que tu as *unfollowé* et *unfriendé*, alors ? demandai-je. Si ce n'est la vie. Si ce n'est la mort.

Le temps.

Le temps ?

Oui, le temps, qui n'a pas de prix.

Et l'*unfriender*, l'*unfollower*, cela a-t-il un prix ?

Je ne sais pas, Maman. Ce n'est pas à moi de le dire.

13

L'APRÈS-TEMPS

JE NE T'AI PAS FAIT de cadeaux pour Noël.

Cela va sans dire, tu ne crois pas ? répondit-il.

Si cela va vraiment sans dire, je ne l'aurais pas dit. Cela va sans dire – certains mots sont mis ensemble pour dire ce qu'ils ne signifient pas, ou pour signifier ce qu'ils ne disent pas.

Fais-moi confiance, dit-il. Chaque fois que quelqu'un dit Fais-moi confiance, j'ai envie de demander : Pourquoi je devrais ?

Pour être honnête avec toi.

Avec tout le respect que je te dois, dit-il.

Je n'ai pas envie de dénigrer ou dévaloriser tes efforts.

Ce que les mots gâchent comme espace.

Oui. Et si je veux, je peux continuer longtemps.

Pour ça, les adultes sont meilleurs que les enfants, non ?

Oui.

Bon, revenons à ce qui doit être dit. Pas de cadeau du Père Noël pour moi cette année ?

Tu n'as jamais cru au Père Noël.

J'ai failli y croire quand j'étais petit, dit-il.

Un jour, quand il était en maternelle, il m'avait tannée pour savoir comment le Père Noël pouvait rendre visite à tous les enfants en une seule nuit.

Je m'en souviens, dit-il. Tu m'avais répondu que, tant que j'y croyais, le Père Noël m'apporterait des cadeaux.

Tu y croyais, donc ?

Pas vraiment, mais comme j'ai reçu mes cadeaux j'ai compris que c'était du flan, dit-il. J'ai eu peur pendant quelques jours. J'ai eu peur de ne pas recevoir de cadeaux parce que je ne croyais pas au Père Noël.

Je ne savais pas que tu avais la tête occupée par ces pensées.

Ce serait la fin de la vie d'un enfant si ses parents savaient tout ce qui se passait dans sa tête, dit Nikolai.

L'année suivante, j'avais reçu des mails de plusieurs parents de ses camarades de maternelle m'alertant qu'il avait répandu la nouvelle selon laquelle le Père Noël n'existait pas. Dans notre famille nous suivons encore la tradition, m'écrivait une mère. Et d'ajouter que sa fille était rentrée en lui posant des tas de questions, notamment celle de savoir qui mange les biscuits et boit le lait en pleine nuit, si ce n'est pas le Père Noël.

Donc tu m'as éclairé sur l'importance de maintenir mes amis dans les ténèbres, dit-il.

Il n'y a rien de mal à ce que des parents veuillent prolonger l'enfance de leurs enfants.

Quand j'étais en huitième, dit-il, je me disais que quelque chose devait clocher avec mon enfance. Elle était trop heureuse, très loin de ce qu'on trouve dans la littérature.

Je me souviens que tu m'avais dit ça, oui. Est-ce un échec des parents, pensai-je, s'ils donnent à leurs enfants une enfance heureuse qui ne dure pas ?

Toute enfance a une fin, dit-il. Même les meilleurs parents du monde ne peuvent rien y faire. Tôt ou tard, les cadeaux de Noël ne servent plus qu'à ouvrir des paquets. Pour ce genre de choses, ton mot préféré est inévitable.

Parfois on a envie que l'inévitable arrive le plus tard possible, dis-je.

Une mère que nous avions récemment rencontrée, et qui avait perdu son fils, suicidé, nous avait raconté qu'à chaque Noël elle ressortait sa chaussette remplie d'années de cadeaux, et qu'elle rajoutait quelque chose tous les ans.

Ne fais pas ça, dit Nikolai.

Je ne le ferai pas, répondis-je.

Je ne suis pas quelqu'un d'organisé. L'autre jour, je me suis aperçue que je ne retrouvais pas la chaussette de Nikolai. Bien des choses s'échappaient comme le sable ou l'eau, mais était-ce grave ?

Le sable et l'eau, dit Nikolai.

Je sais. Parfois, on ne peut pas éviter de penser par clichés.

C'est un cliché si tu t'en sers pour décrire le temps, dit-il. Toi, tu t'en sers pour décrire un objet concret, qui ne se déplace pas tout seul.

D'accord, d'accord.

Je suis sûr que cette chaussette est quelque part, dit-il. Elle ne peut pas être nulle part.

Si tu ne connais pas la localisation précise de ce quelque part, devient-il nulle part ? demandai-je.

Il est quand même quelque part.

Comment appelles-tu un lieu situé entre quelque part et nulle part ? demandai-je.

Entre quelque part et nulle part – ce lieu me paraît plus abyssal certains jours plus que d'autres.

N'importe où entre quelque part et nulle part, ça reste quelque part, dit-il.

Toi aussi, tu es quelque part ?

Bien sûr. Nulle part, c'est comme l'infini et au-delà. Il est possible de t'en rapprocher si tu essaies. Il est impossible d'arriver nulle part.

Mais ce doit être un quelque part différent de ce quelque part. Là où je suis, je veux dire. Ici et maintenant.

J'étais assise dans une pièce, parmi les livres, et je faisais face à la fenêtre. Sur le rebord de cette fenêtre il y avait un vase rempli d'hortensias. Quelques minutes plus tôt, un pivert avait becqueté un tronc d'arbre non loin de là. À présent, un écureuil creusait frénétiquement la terre, sans jamais s'arrêter plus de deux secondes au même endroit. Pour le lendemain, jour du solstice d'hiver, on annonçait du soleil. L'année s'achèverait dans dix jours.

Si ça te réconforte, dit-il, je peux inventer quelque chose à propos de mon quelque part. Voici un étang, et plus loin il y a le ciel.

Exactement comme sur ton tableau.

Lequel ?

En déballant les peintures de Nikolai, j'en avais découvert une que je ne connaissais pas. Il l'avait faite quand il était beaucoup plus jeune, puisqu'il avait soigneusement écorché son prénom, en majuscules, sur la toile. Il y avait le ciel doré zébré de vert, le champ rouge doré et, en son centre, un étang vert émeraude, trois granges brun doré que surplombait un arbre vert et doré faisant deux fois leur taille. Un enfant plus grand que l'arbre se tenait là, l'air stupéfait, avec un corps en forme de sapin de Noël, couvert de décorations dorées, et sur sa tête, en lieu et place des cheveux, un ruban de la taille de son corps tout entier, violet à pois dorés. Quel petit garçon audacieux et perturbé.

Je me souviens de ce tableau, dit-il. Je l'avais caché dans mon placard parce que j'avais mal écrit mon nom.

Tous ceux qui le verraient se demanderaient d'où venait ce petit garçon, dis-je. Et où il se trouve aujourd'hui, pensai-je.

Quelque part, répondit-il, mais franchement, ne va pas embrouiller ton pauvre cerveau avec des énigmes.

Je lui racontai l'histoire d'une de mes proches amies, qui avait participé à un très long programme dans le cadre d'un festival de musique local. Quand arriva son tour de jouer, il était tard et les festivaliers saturés de musique étaient déjà partis chercher des munitions au bar. Quand tu joues du piano devant une salle vide, est-ce qu'on considère ça comme de la musique ? Elle et moi avions ri de cette question au téléphone.

Si tu écris de la poésie que personne ne lit, est-ce qu'on considère ça comme de la poésie ? dit-il.

Mon cœur se serra. Nikolai avait sauvegardé sur mon téléphone portable toute la musique qu'il aimait depuis qu'il avait six ans. C'était un méli-mélo de musique classique, de comédies musicales de Broadway, d'airs lyriques, de parodies irrévérencieuses d'airs lyriques trouvées sur Internet, de musiques de jeux vidéo, et un fichier de chansons intitulé « Edith Pilaf » (comme nous avions ri de sa coquille). J'étais chanceuse d'avoir toutes les musiques qu'il avait écoutées, sans exception, et pourtant la chance dans cette histoire était plus pure et plus aveugle qu'on ne pouvait décemment l'endurer. Chaque fois que je mettais la musique, je repensais à sa poésie, écrite et encore à écrire, inconnue de moi.

Elle-même entendait la musique, dit Nikolai. C'est l'apothéose dans la carrière d'un musicien, tu ne crois pas ?

L'apothéose, dis-je. J'avais oublié que tu aimais ce mot.

Trop sophistiqué à ton goût.

Quelques années plus tôt, après qu'une amie eut publié les deux premiers volumes d'une trilogie, *L'Apothicaire* et *Les Apprentis*, Nikolai m'avait demandé de me renseigner sur le titre du troisième. Si elle n'a pas encore trouvé, m'avait-il dit, j'en ai un parfait : *L'Apothéose*.

Je trouve encore que c'est un bon titre de livre, dit-il.

J'allais le donner à mon livre pour enfants.

Ah, ça. Aucun de tes personnages ne comprendrait le mot.

Le jour de ses cinq ans, j'avais promis à Nikolai que je lui écrirais un livre pour enfants. Chaque année, je repoussais ma promesse à l'année suivante. Quelques mois avant sa mort, je lui avais montré les deux premiers chapitres, qu'il avait violemment détestés.

Mais Maman, reconnais-le, tu n'es pas capable d'écrire un livre pour enfants, me dit-il à présent. Tu es nulle pour ça. Terriblement, effroyablement, épouvantablement, atrocement nulle.

Toi et ces adverbes, c'est une véritable addiction, dis-je. J'aime assez le concept de mon livre.

Le livre, ou ce que j'en avais imaginé, devait d'une part être l'autobiographie d'une poupée de chiffon appartenant à une petite fille dont la mère, suffragette, avait été emprisonnée, et d'autre part porter sur la plus improbable lectrice de cette autobiographie, une adolescente vivant à l'ère de Snapchat et d'Instagram.

Tu pourrais toujours l'écrire, comme ta copine pourrait toujours jouer devant une salle vide.

Aucune raison de me remettre un jour à l'écrire, pensai-je, si je l'avais différé d'année en année, comme si le temps était infini.

Je croyais que tu te vantais toujours de ne jamais remettre à plus tard, dit-il.

Il n'y a que ce projet-là que j'ai remis à plus tard, répondis-je. Bien des choses, vues de ce côté-ci de la mort, devenaient d'un poids écrasant. Quand Nikolai était en neuvième, le premier jour des vacances de printemps je lui avais proposé de déjeuner au restaurant. Les vacances sont si courtes, et j'ai tant de choses à faire, que je ne peux pas gaspiller ma vie en allant au restaurant, m'avait-il expliqué. Oh, mais la vie est longue, on a tout le temps de manger un bon repas, avais-je dit. Non, avait-il répondu, on n'a jamais assez de temps dans une vie.

Tu ne peux pas faire ça, dit Nikolai. Tout paraît différent si tu te places du point de vue de l'après-temps (*aftertime*).

La plupart des choses, rectifiai-je sans réfléchir.

Si tu veux vraiment être aussi péniblement précise.

Est-ce que le mot « après-temps » existe ? demandai-je.

Je crois, dit-il. Il y a bien le midi et l'après-midi.

La guerre et l'après-guerre.

La vente et l'après-vente, dit-il.

La vie et l'après-vie.

Aucun d'entre eux n'a l'air aussi séduisant que l'après-temps, tu ne trouves pas ?

Mais es-tu sûr de l'employer à bon escient ?

Oh mais qu'est-ce que ça peut faire, Maman ? N'importe quel moment postérieur au temps, c'est l'après-temps.

On est donc dans l'après-temps ? demandai-je.

Moi oui, mais pas toi.

Pourquoi pas moi ?

Tu as dit que tu vivais dans les jours, donc tu es encore dans le temps. Tu ne peux pas vivre dans l'après-temps, dit-il.

Je me rappelais une dame allemande, plus âgée, qui avait été la maîtresse préférée de Nikolai en maternelle. Je l'avais souvent considérée comme la femme la plus optimiste et la plus efficace du monde, toujours calme, toujours de bonne humeur parmi tous ces enfants de trois ou quatre ans bruyants et accaparants. Un jour, elle avait dit en plaisantant que sa seule contribution à l'Amérique était d'avoir adopté notre famille pour Thanksgiving, cette fête américaine.

Elle m'a appris à jouer au jeu du moulin, dit Nikolai.

Oui. J'ai retrouvé le plateau l'autre jour.

J'aurais aimé le revoir. Quand vous reviendrez, appelez-moi pour que l'on puisse pleurer ensemble. Je suis tellement triste, m'avait écrit cette institutrice, de Californie. *Je pensais que nous l'avions préparé à la vie.*

Elle a fait du bon travail, me dit Nikolai. Elle m'a appris à jardiner et à faire des chips au fromage et des pommes au four.

Elle t'a aussi appris cette chanson qu'on adorait.

La chanson du petit âne ?

Oui, dis-je. La première fois que Nikolai l'avait chantée à la maison, j'avais senti de grosses larmes derrière mes paupières.

Si j'avais un âne
Qui n'avançait pas.
Penses-tu que je le taperais ?
Oh, non, non !
Je le mettrais dans une grange,

Et je lui donnerais du maïs
Le meilleur petit âne
Qui ait jamais vu le jour !

Comme j'étais heureux et ignorant dans l'avant-temps, dit Nikolai.

Ça existe, le mot « avant-temps » ?

Ni plus ni moins que l'après-temps.

14

CONSOLATION

J'AI FAIT UN GÂTEAU pour le réveillon de Noël, dis-je.

Ç'a été une réussite ? demanda Nikolai.

Une demi-réussite. J'ai fait un *cotton cheese-cake* japonais. C'est un joli gâteau, fromagé, mais pas cotonneux.

Donc tu as raté l'autre moitié, dit-il. Maintenant tu comprends ma frustration en tant que pâtissier.

Oui, mais ce n'est pas grave. Il arrive que la première version d'une histoire ne soit pas bonne.

Sauf que tu oublies qu'un gâteau est une histoire à version unique. On ne peut rien corriger.

Mais on peut réécrire ? Je retenterai ma chance. Faire des gâteaux ne peut pas être plus difficile qu'écrire, tu ne penses pas ?

Tu ne comprends toujours pas, Maman. Tu ne peux pas faire ton gâteau deux fois. De même que tu ne peux pas te baigner deux fois dans le même fleuve.

Tout comme aucun d'entre nous ne pouvait revenir en arrière, remesurer les ingrédients qui faisaient les jours et les années, reprendre les étapes avec plus de soin, espérer éliminer les erreurs, espérer ne pas commettre de nouvelles fautes, pour faire en sorte que cette histoire se soit terminée autrement. Et que Nikolai soit encore en vie.

Je croyais qu'on discutait pâtisserie, dit-il. Ne fais pas de digressions inutiles.

Pas besoin de faire la moindre digression, pensai-je, quand chaque fois qu'on lève le nez d'un livre, qu'on se retourne dans la cuisine ou qu'on remplit d'eau un vase, on se cogne contre cette absence monumentale.

Monumentale ? À t'entendre, comme je me sens maladroit, encombrant et lourd.

Qu'est-ce que tu peux recourir à la redondance pour te faire comprendre, dis-je.

Je sais. Mais franchement, monumental est un mot qui sent la mort.

Un de ses amis m'avait écrit et relaté que, quand ils se mettaient en cercle pour discuter, Nikolai faisait des bonds comme s'il avait des ressorts dans ses chaussures. Un autre ami m'avait raconté que, quand ils sortaient faire des promenades, il sautait en l'air afin d'attraper les prunes trop hautes pour les autres. La mère d'un de ses camarades de classe m'avait écrit pour me raconter qu'il resterait toujours dans son souvenir comme le garçon qui avait fait la course avec ses copains dans une rue éclairée par les feux orange, une nuit d'automne. Comment édifier un monument, de granit, de marbre ou de bronze, qui soit souple et agile en l'air ?

Je dirais qu'un *cotton cheese-cake* est une entreprise plus raisonnable qu'un monument, reprit Nikolai.

Je lui répondis que le mot « monument » venait du latin *monumentum*, « mémorial », et de *monere*, « rappeler ». J'avais cherché dans le dictionnaire, de même que les mots « esprit », « mémoire » et « deuil ». J'avais dû réapprendre beaucoup de mots, après sa mort.

Tu as besoin d'un monument pour te souvenir de moi ? Je préférerais être rappelé à ton souvenir par une tranche de cheese-cake.

Parce que tu es un pâtissier, et non pas un architecte ?

Parce que le cheese-cake est périssable.

Ah, dis-je. Je n'ai jamais employé périssable dans mes textes.

C'est toujours mieux que ce mot dont tu ne te lasses jamais, inévitable.

Ce sont deux adjectifs différents.

Je préfère un monde fait de choses périssables, dit-il. Pas de choses inévitables.

L'inévitable rend le temps plus supportable, pensai-je.

Le temps n'a pas de sens sinon pour le périssable, dit-il.

D'accord. On peut avoir des avis différents.

Du moment que tu me promets de ne pas réutiliser monumental. Il faut vraiment que tu améliores ta maîtrise des adjectifs.

J'ai fait un rêve cette nuit, dis-je, changeant de sujet. Dans ce rêve, j'allais chercher Papa et J. devant un hôtel qui ressemblait à celui où nous avions séjourné à Londres.

Tu étais en voiture ?

Je me garais juste à côté.

Tu ne peux pas conduire en Angleterre. Tu ne sais pas rouler à gauche.

Oh, c'était un rêve, dis-je. À l'entrée de l'hôtel, tout à coup tu marchais à côté de moi.

Dans mon rêve, Nikolai portait son tee-shirt à rayures bleues favori. Maman, j'ai faim, me disait-il. Dès que je l'avais entendu, je m'étais réveillée. Avant que le réel et l'irréel se séparent comme la nuit et le jour, l'obscurité et la lumière, j'avais revécu avec son sourire et sa voix dans ma tête.

J'aimerais pouvoir te raconter que j'ai fait le même rêve, dit-il. On aurait l'impression que c'est arrivé pour de vrai, non ?

Je pensai aux diverses personnes qui m'avaient décrit leurs rêves des morts. Souvent les rêves étaient interprétés comme des signes en provenance de l'au-delà. Pourtant ils ne sont que des prologues de certains jours, des épilogues d'autres jours, écrits par nos esprits défaillants.

Ce serait terrifiant, dis-je. Les gens et leurs vies indépendantes ne devraient pas se rencontrer aussi comme des entités indépendantes dans les rêves.

Même quand l'un d'eux n'est plus vivant ?

Ça ne change rien à une vie indépendante déjà vécue, dis-je.

Mais alors c'est injuste. Comment est-ce que tu sais si quelqu'un a envie d'être dans ton rêve ?

Et comment est-ce que je sais si tu préférerais jouer à cache-cache avec moi le soir plutôt que de me dire que tu as faim ? Hélas, je n'en sais rien. Personne n'a le choix, quand d'autres décident de le ou la capturer dans leurs rêves.

Donc fondamentalement le rêve est une injustice infligée à celui ou celle dont on rêve ?

Parfois c'est une injustice qu'on s'inflige, dis-je. Des gens auxquels tu n'as aucune envie d'avoir affaire entrent malgré tout dans tes rêves.

Comme avec la pâtisserie.

Je croyais que la pâtisserie était le contraire du rêve, dis-je. Tu as une recette précise, où tout est maîtrisé, et à la fin tu obtiens le bon produit.

Est-ce que tu maîtrisais bien tout quand tu as préparé le cheese-cake ?

Non, mais parce que je ne suis pas un Able Baker Charlie comme toi.

Mauvaise blague, dit-il.

Quoi ?

ABC. American Born Chinese. Tu devrais savoir que mes amis et moi n'employons jamais ce terme.

Ah, dis-je. Ça ne m'a jamais traversé l'esprit. Je pensais seulement au personnage de Richard Scarry.

Quand Nikolai était petit, j'étais fascinée par un autre livre de Richard Scarry, *Que font les gens toute la journée ?* Un jour que je prenais un café très officiel avec une responsable de l'université où j'enseignais, et n'arrivant pas à comprendre ses mots, qui étaient apparemment chargés de sens, j'avais lâché sans réfléchir : Que faites-vous toute la journée ?

J'ai remarqué que tu aimes demander aux gens ce qu'ils font dans la vie, dit Nikolai.

Dans la vie, oui, mais c'est un compromis. En réalité, ce que je veux leur demander, c'est : Que faites-vous *toute la journée* ?

Qu'est-ce que c'est indiscret, et importun, et impertinent.

Si c'est les journées sont là où vivre, pensai-je, je voudrai toujours savoir comment les gens vivent les leurs.

Pourquoi ? dit-il.

Tu n'as jamais le sentiment que les autres ont des réponses à des questions auxquelles tu n'as pas de réponses ?

Mais les autres peuvent te regarder et penser la même chose, dit-il. Et si je te posais la question : Que fais-tu toute la journée ?

Oh, ce que tu sais, dis-je. Je lis. J'écris. Je cuisine. Je regarde par la fenêtre. Et toi, que fais-tu toute la journée ?

Oh, ce que tu ne sais pas. Je rêve. Je rêve. Je pense. Je rêve.

Et de quoi rêves-tu ? À quoi penses-tu ?

Je ne te le dirai pas.

Ah, dis-je. D'accord.

Il y eut un silence. Je repensai à mon rêve de la nuit passée. Il y avait de vieilles recettes de cuisine que je ne faisais plus parce qu'elles avaient été ses recettes préférées. Depuis, j'avais fait de nouveaux plats. C'était déjà assez dur comme ça quand un enfant disait souffrir et que ses parents n'y pouvaient pas grand-chose. C'était plus que désespérant quand ils ne pouvaient rien pour apaiser sa faim.

Fais attention, dit-il. Ne surinterprète pas. Je n'ai pas faim. Tu en as simplement rêvé.

Tu souffres encore ?

C'est une question pire que : Que fais-tu toute la journée ? dit Nikolai. Imagine que tu salues quelqu'un. Bonjour, je suis contente de vous voir. Est-ce que vous souffrez ?

C'est toi qui dis toujours qu'on ne devrait pas poser de questions ineptes. Est-ce que tu souffres encore ?

Il ne dit rien pendant quelques instants. Ça dépend ce que tu entends par ce mot, répondit-il.

Je vérifiai. Le mot « souffrir » vient de *sub*, « par-dessous », et *ferre*, « porter ».

Donc si tu me demandes si je dois encore supporter le poids de la vie, dit-il, non, je ne souffre plus.

Qu'est-ce que tu dois supporter ?

Les choses qui sont toujours avec moi, avec ou sans corps physique.

Je réarrangeai un vase d'hortensias à moitié fanés sur le rebord de la fenêtre. Parfois, quand je me sentais agitée, je marchais de pièce en pièce. Chacune était remplie d'objets, des natures mortes dans sa nouvelle maison. Des années durant, il m'avait demandé : Si tu écris sur la souffrance, si tu comprends la souffrance, pourquoi m'as-tu donné la vie ? Je ne lui avais jamais donné de réponse assez pertinente.

Maintenant nous sommes tous les deux tristes, dit-il. Nous sommes doués pour nous rendre mutuellement tristes.

Je croyais que j'étais plus douée pour te mettre en colère.

C'est vrai. On se dispute beaucoup, tu ne trouves pas ?

Toutes nos disputes, vues de ce côté-ci de la mort, avaient porté sur une promesse qu'une mère ne pouvait quasiment pas tenir, et un vœu dont l'enfant soupçonnait qu'il ne serait jamais exaucé. Souvent je lui avais dit : La vie est difficile mais au bout du compte ça ira, tant qu'on a de la patience. La patience, la patience, répondait-il. Tu crois vraiment que tout ira mieux un jour, quand je serai plus grand ?

Je ne suis plus en colère contre toi, me dit-il.

Je sais.

Tous ces orages – j'avais cru que nous les avions surmontés ensemble. Mais peut-être n'existe-t-il pas de véritable communion quand certaines douleurs demeurent incompréhensibles.

Ah, j'oubliais, dis-je. Il y a bel et bien une chose que j'ai apprise en préparant le gâteau. J'ai compris comment faire tenir le papier sulfurisé.

Comment ? demanda-t-il.

Parfois, quand il avait préparé des gâteaux, nous avions eu un mal fou à faire en sorte que le papier sulfurisé se tienne droit, en un cercle parfait, pendant que Nikolai versait l'appareil.

Si seulement je pouvais le lui montrer, pensai-je. Je ne te le dirai pas, répondis-je.

Allez, quoi. Il y a des millions de choses qui méritent de ne pas être dites, mais pas une petite astuce de pâtisserie.

Il y a des millions de choses qui méritent d'être vécues, pensai-je, y compris une petite astuce de pâtisserie.

Tu n'y crois même pas, dit-il.

Et si on n'était pas obligés de croire à quelque chose ? Peut-être que vivre n'exige que des résolutions.

Comme les résolutions du Nouvel An ? Je croyais que tout leur intérêt était de ne pas durer.

Non.

Comme trouver une réponse, une solution ? Tu n'es pas douée pour donner des réponses, mais moi j'ai déjà trouvé les miennes.

Comme décomposer le temps : une année en jours, un jour en heures, une heure en minutes, dis-je.

Mais est-ce que tu t'es rendu compte que le temps ainsi fragmenté crée des sables mouvants ? demanda-t-il.

Oui, j'en suis parfaitement consciente.

Et tu es toujours résolue à vivre sur des sables mouvants ?

Ce que tu appelles des sables mouvants, dis-je, c'est notre réalité.

La tienne et la mienne ?

Oui, nos gènes.

Pourquoi est-ce qu'on ne pourrait pas vivre comme les autres peuples, sur la terre ferme et plate avant qu'on ait découvert qu'elle était ronde ?

Les autres peuples vivent sur d'autres sortes de sables mouvants, dis-je.

Vraiment ?

Je ne sais pas, mais j'aime imaginer que c'est le cas.

Je ne crois pas, dit-il. Qu'est-ce qu'il y a sous les sables mouvants ?

Ce qu'il y a au-dessous ? Je ne sais pas.

On ne tombe pas dans un abîme sans raison, dit-il.

Et si, pensai-je, on n'arrêtait pas d'essayer ? Et si un abîme pouvait être transformé en un habitat naturel ? Et si on acceptait la souffrance comme on accepte la couleur de nos cheveux, de nos yeux ? Et si, ayant vécu une période sombre et triste, un père ou une mère pouvaient convaincre un enfant que ce dont on a besoin n'est pas une lumière qui nous guidera quelque part, mais la résolution de n'être nulle part, même si c'est pour toujours et à jamais.

Et ensuite ? demanda-t-il. Que je me fasse à mes imperfections pour toujours et à jamais ?

Personne n'est parfait, dis-je.

C'est une vieille rengaine. Elle n'a aucun sens pour moi.

La vie est imparfaite, mais elle a un sens, non ?

Oui, c'est un lot de consolation, dit-il. Mais je ne vis pas pour des lots de consolation, chère Mère.

15

JAMAIS DEUX FOIS

C'EST CETTE PÉRIODE de l'année, dis-je. Je réfléchis à mes résolutions du Nouvel An.

Tu te souviens de tes résolutions de l'année dernière, ou de l'année d'avant ? dit Nikolai.

Il suffit que je me replonge dans mon journal pour les retrouver.

Ha.

Mais je fais quand même une liste.

Voyons voir, dit-il. Tu vas faire beaucoup de gâteaux.

Comment le sais-tu ?

Parce que je sais à quel point tu peux être dépourvue d'imagination, dit-il. Si tu avais écrit se promener à cheval, ou brasser de la bière, ou élever des abeilles, ou regarder les étoiles, je n'aurais peut-être pas deviné.

Ça ne te dérange pas que je reprenne la pâtisserie ?

À ton avis ? La pâtisserie, c'est mon royaume, dit-il. Le tien, c'est la cuisine.

Mais tu apprends à cuisiner, aussi, dis-je. J'avais parfaitement conscience que nous employions tous les deux le présent de l'indicatif.

La pâtisserie, c'est ma méditation.

Je sais, dis-je. Il avait l'habitude de faire des gâteaux quand il était agité.

Et pour toi, qu'est-ce que ça représente ? Tu ne peux pas méditer sur ma méditation, dit-il.

Le souvenir, pensai-je.

Faire des gâteaux ne laisse place à aucune rectification, n'oublie pas.

Le tricot, en revanche, oui, dis-je.

Tu vas tricoter, aussi ?

Quand j'étais petite, on m'apprenait à tricoter tous les étés, avec de la vieille laine qui avait déjà perdu son élasticité. Je la détestais, cette laine rouille et filasse qui grattait mes bras en sueur. Je détestais quand ma mère, à la fin de la journée, venait inspecter mon travail. Et je détestais, surtout, le fait qu'une fois la pelote de laine terminée je devais tout défaire et recommencer depuis le début. Mais je n'avais jamais parlé de ces choses-là à Nikolai. Le jour où il avait découvert que je savais tricoter, il avait été impressionné.

Uniquement parce que tu n'as pas du tout une tête à tricoter, dit-il.

Comment ça ?

Nous autres, les tricoteurs, nous trouvons joie et réconfort dans la répétition. Est-ce que tu peux réécrire la même phrase mille fois ?

Et si la vie exigeait une certaine dose de répétition ? dis-je. Je ne peux pas réécrire la même phrase ou la même histoire mille fois, mais peut-être que je peux me servir du tricot pour répondre à cette exigence.

Au moins, tu es meilleure en tricot qu'en pâtisserie. Tu es capable de tricoter et de réussir quelque chose même si tu ne peux pas, comme te le conseillerait n'importe quel livre de développement personnel, y trouver du plaisir.

Je te remercie pour ce rare compliment dans ta bouche.

Tu te souviens de la pieuvre que tu avais tricotée ? demanda-t-il.

Je l'avais presque oubliée. Au collège, pour le Noël canadien, Nikolai m'avait demandé de tricoter une pieuvre. Pour dans deux jours, m'avait-il dit. Jamais de la vie, avais-je répondu. Je ne veux rien savoir, avait-il dit. Avant la fin des deux jours, je lui avais donné une pieuvre, qui possédait un corps blanc opale, des tentacules bleu clair et des yeux perçants qui n'étaient ni de la même couleur, ni de la même taille. Le lendemain, il était rentré à la maison et avait réclamé pour ses amis sept autres pieuvres (*octopuses*).

Octopi, me dit-il à présent. Je déteste quand les gens disent *octopuses*.

D'accord, des *octopi*. Étymologiquement, on a tous les deux raison.

Octopi fait plus érudit, dit-il. Donc tu envisages de te remettre au tricot ?

J'ai déjà un peu tricoté.

Quand ça ?

Oh, ça fait un moment, dis-je. Après la mort de Nikolai, pendant des jours et des semaines, j'avais passé le plus clair de mon temps dans ma chambre, à tricoter, à détricoter, à tricoter, à détricoter.

Quelle laine as-tu utilisée ?

La jaune canari.

Qu'est-ce que tu as fait ?

Rien.

Qu'est-ce que tu comptais tricoter avant de faire rien ?

Je pensais tricoter une écharpe comme celle que tu avais confectionnée, dis-je. Mais je n'arrêtais pas de me tromper dans mes comptes et de tout reprendre à zéro.

Nikolai avait en effet tricoté plusieurs écharpes. Il les avait portées au Tibet, lors de son séjour là-bas un été, et il avait envisagé de les porter cet hiver aussi.

Parfois, dit-il, tu peux reprendre autant que tu veux, ça ne marche toujours pas. Ce qui peut rendre le tricot encore pire que la pâtisserie.

Tes écharpes étaient toutes magnifiques.

C'est parce que je suis doué pour compter.

Je t'ai aidé, non ? dis-je. Il avait pour habitude de crier des chiffres au hasard, afin que je m'en souvienne. J'avais encore des séries de chiffres notées sur mon téléphone portable.

Je ne suis pas sûr que tu sois assez douée pour faire bon usage de ces chiffres, dit-il.

Donc est-ce que je dois inscrire le tricot sur ma liste des bonnes résolutions du Nouvel An ?

Je dirais que si tu mets et le tricot, et la pâtisserie, ce serait trop sentimental, dit-il. J'attends mieux que ça de ta part.

Et la musique ?

Oh là, mais tu es trop vieille pour apprendre le hautbois !

Pas le hautbois, dis-je. Le piano.

Pour pouvoir jouer un jour la *Lettre à Élise* ?

Fut un temps, quand j'étais petite, où notre sonnette, et celles des deux appartements de nos voisins, jouaient la *Lettre à Élise* dans la pire version imaginable, comme ces vieilles cartes de vœux musicales dont les piles sont fatiguées. Je ne supporte pas ce morceau, dis-je.

Je sais. Des tas d'apprentis pianistes sont obligés de le jouer, donc espérons que cette simple perspective te dissuadera d'apprendre le piano.

Je peux peut-être me remettre à l'accordéon.

C'est une bonne idée, dit-il. Tu peux même aller jouer dans un pub. Fort et joyeusement. Avec un peu de rouge à joues et habillée bohème.

Tu mets un point d'honneur à contrarier tous mes projets.

Je suis simplement réaliste et responsable, dit-il. Pour éviter que tu te déclares battue dès le 10 janvier.

Je me suis acheté un dictionnaire. Et c'est ma résolution de l'étudier tous les jours.

Parce que tu dois améliorer ton vocabulaire pour faire jeu égal avec moi ?

Le *Dictionnaire de la langue anglaise,* lus-je, par Samuel Johnson.

D'accord, dit-il.

Tu as dit d'accord parce que tu ignores qui était le Dr Johnson, dis-je.

Le Dr Qui ? Oh, très bien, je l'ignore.

D'avoir marqué ce petit point ne me procurait cependant aucune joie. Il y avait tant de choses dont j'aurais aimé qu'un jour il les découvre et les aime. Une semaine avant sa mort, il m'avait confié qu'il avait hâte d'étudier *Macbeth* en cours d'anglais. De temps en temps, je lui demandais d'accorder une deuxième chance à *Guerre et Paix* – il en avait lu cent pages, en cinquième, et m'avait dit n'avoir rien compris. Plus tard je m'étais rendu compte qu'il n'avait pas vu que les dialogues en français étaient traduits en bas de page. Qui va lire les notes de bas de page alors que le livre est déjà tellement épais ? avait-il protesté. Un ami avait lu un poème de Wallace Stevens à la cérémonie d'hommage à Nikolai. Pourtant ce n'était pas un simple poème de Stevens, mais tous ses poèmes, l'œuvre d'une vie, qui me faisaient penser de temps à autre à lui. Un esprit qui ne voit aucune issue, aucune direction, pour échapper au désespoir, cet esprit peut néanmoins être agrandi. Qui sait si l'agrandissement ne peut un jour rendre le désespoir tolérable ? Je regrettais de ne pas pouvoir encore laisser quelques livres sur son bureau, dont un recueil de Wallace Stevens.

Oh, pas de regrets, dit-il. Avoir des regrets ne fait que meurtrir le cœur.

Quel mal y avait-il à passer quelques minutes perdue dans les regrets, pensai-je, quand la meurtrissure la plus profonde resterait béante, jour et nuit ?

Alors trouve-toi quelques distractions, dit-il. Avoir des regrets n'est pas une bonne manière de se distraire.

Je lui lus une citation de Marianne Moore. « Si rien ne nous charme ni ne nous soutient (et que nous avons de la nourriture et de l'air frais), à nous de dire : "Sinon maintenant, alors plus tard" et de ne pas nous morfondre. » Souvent, j'étais revenue à cette citation, me disant à moi-même : « Sinon maintenant, alors plus tard. »

Au cas où tu n'aurais pas remarqué, je ne me morfonds jamais, dit Nikolai.

Évidemment que je l'ai remarqué.

Sa joie et sa souffrance, qui n'étaient ni l'une ni l'autre en mode mineur, lui interdisaient de se morfondre. Mais si se morfondre, pensai-je, était un pont pour atteindre le *plus tard* de Moore ?

Il n'y a pas de plus tard, dit-il. Pour certaines personnes, c'est maintenant et maintenant et maintenant et maintenant.

Raconte-moi, pensai-je. Trois mois, exactement, s'étaient écoulés depuis sa mort. Les saisons ont changé. Toutes les vies dans la nature se sont changées, comme l'exigent les saisons. Pour elles c'est plus tard et plus tard et plus tard, impuissantes qu'elles sont à vouloir rendre permanent un quelconque maintenant. Une amie proche dit que nous ne comptons les jours, les semaines et les mois avec autant d'ardeur qu'à deux occasions : après la naissance d'un bébé et après la mort d'un être cher. Trois mois me semblent aussi longs que l'éternité, et néanmoins aussi courts qu'un simple moment quand c'est maintenant et maintenant et maintenant et maintenant, donc je dois dire à mon amie qu'il y a une différence entre la vie et la mort. Un nouveau-né grandit d'heure en heure, de jour en jour, de semaine en semaine. La mort d'un enfant ne vieillit pas d'une seule minute.

Est-ce que c'est se morfondre, ça ? demanda Nikolai.

Quoi donc ?

Le fait que tu ressasses des pensées inutiles.

Inutiles selon qui ? répliquai-je.

Parfois j'ai l'impression que tu parles comme moi. Pas du tout comme Maman.

Parfois j'ai l'impression que tu parles comme moi, dis-je.

Quelle horreur. Aucun enfant n'aime déceler la moindre trace de ses parents en lui.

Pas même les bonnes choses ?

Quand les mauvaises choses doivent les accompagner, aussi ? dit-il.

Quelquefois, Nikolai avait fait remarquer qu'il avait reçu les gènes des mathématiques et de la science de son père, le don de la langue et l'éthique du travail bien fait de sa mère, la musique, le sport et le sens de l'humour de lui-même, et de l'admiration de son petit frère – pourtant il était très rare qu'il parvienne à se percevoir sous cet angle. La satisfaction n'avait jamais figuré dans son dictionnaire.

Parfois, dis-je, seulement parfois, je pense en effet que tu n'as pas tort de t'interroger sur la raison pour laquelle les parents donnent la vie aux enfants.

Pourquoi le font-ils, n'importe comment ?

Un espoir aveugle, dis-je, ou un vœu pieux.

Tu vois, tu te morfonds.

Non, ce n'est pas se morfondre, ça. Moi non plus, au cas où tu n'aurais pas remarqué, je ne me morfonds pas.

D'accord, je te le concède, dit-il.

Mais si se morfondre était précisément ce qui manquait à ceux qui ne se morfondent pas ? pensai-je. Pendant qu'on se morfond, on ne se tue pas.

Je dirais : tiens-t'en à n'importe quelle vertu ou n'importe quel vice que tu ne peux pas changer, dit-il. Si tu es un oiseau migrateur, tu ne peux pas être aptère. Si tu es un oiseau aptère, tu ne peux pas quitter la Nouvelle-Zélande.

Ou l'Australie ?

N'importe quelle île.

On n'a jamais visité l'Australie ensemble, dis-je. Tu te souviens de Rosie ?

Rosie avait grandi dans une ferme australienne et avait séjourné chez nous quand elle avait cinq ans. J. en avait alors six, et Nikolai, neuf. Le jour de son départ, s'éloignant dans l'allée de notre ancienne maison, elle s'était retournée et, les larmes aux yeux, avait salué les garçons. « Venez me voir bientôt ! leur avait-elle lancé. N'attendez pas qu'on soit vieux. »

Tu ne peux pas repenser à chaque petit souvenir et pleurer, Maman.

Comment sais-tu que je pleure ?

Parce que Rosie représente dans toute sa quintessence l'éphémérité du bon vieux temps.

Quintessence, dis-je. Tu sais que ce mot a la même racine que Quintus ?

Quintus avait intégré notre foyer à l'âge de neuf semaines. C'était Nikolai qui avait baptisé ce chien ainsi, « le cinquième » en latin, après les quatre humains de la famille.

Nikolai ne dit rien. Quintus lui manquait-il ?

On ne peut pas se baigner deux fois dans le même fleuve, dit-il.

Une seule fois peut déjà être assez difficile, dis-je. Je t'admire d'avoir fait ça, et de l'avoir fait plus magnifiquement que bien des gens que je connais.

Oh, Maman, j'ai l'impression d'entendre une élégie.

Non, ce n'est pas une élégie, pensai-je. Aucun parent ne devrait écrire l'élégie d'un enfant.

Ne sois pas si triste, dit-il. Ne te morfonds pas.

Je peux te lire un poème ? demandai-je.

Si ça te fait du bien.

Alors je lui lus un poème de Wallace Stevens.

Cette solitude des cataractes

Jamais il n'éprouva deux fois la même chose
Pour le fleuve ocellé qui s'écoulait sans cesse

Mais ne s'écoulait jamais mêmement deux fois,
S'écoulant par maints endroits, comme s'il était

Immobile en un lieu, aussi fixe qu'un lac
Sur lequel les canards sauvages voltigeaient,

Ridant ses réflexions communes, Monadnocks
Pareils à des pensées. Il semblait qu'il y eût

Une apostrophe qui n'était pas proférée.
De ce qui est réel, il en existait tant

Qui n'était en rien réel. Il désirait
D'éprouver la même chose encore et encore.

Il voulait que le fleuve allât continuant
De couler, et toujours de la même façon,

Et qu'il continuât de couler. Il voulait
De marcher, au long de son bord, sous les platanes,

Sous une lune solidement enclouée.
Et il voulait que son cœur s'arrêtât de battre,

Il voulait que son esprit connût le repos
D'une réalisation permanente, sans

Aucun canard sauvage ou aucune montagne
Qui n'était pas montagne, juste pour savoir

Ce que cela serait, juste afin de savoir
Ce qu'on éprouverait, une fois délié

De la destruction, à être un homme de bronze,
Respirant, sous le lapis archaïque, sans

L'oscillation des passe-passe planétaires,
Son haleine de bronze au centre azur du temps.

16

LES RÉPONSES NE HARCÈLENT PAS

J'AI REPRIS SHAKESPEARE, dis-je.

Je ne savais pas que tu avais arrêté, dit Nikolai.

Il n'aurait pas pu le savoir. Un peu plus d'un an auparavant, le lendemain de l'élection présidentielle, je lui avais dit que désormais chaque matin je lirais l'œuvre de Shakespeare avant de lui préparer son petit déjeuner, et que je lirais les pièces dans l'ordre chronologique, une fois, deux fois, autant de fois que me le permettraient les quatre années à venir. J'avais arrêté le lendemain matin de la mort de Nikolai. Notre dernière matinée ensemble – je me rappelais encore le volume géant ouvert sur la table à manger, quand il était sorti de sa chambre. Je me rappelais chaque mot que nous avions échangé jusqu'à ce qu'il descende de ma voiture, près de l'école.

Chaque mot ? demanda-t-il.

Oui.

Comment peux-tu en être si certaine ?

Parce qu'il y avait eu huit heures d'incertitude, au cours desquelles j'avais revécu cette matinée, seconde par seconde – mais cela je ne le dis pas. Tu te souviens, en Irlande, tu m'avais reproché de commander notre repas en prenant le même accent que la serveuse ? dis-je. Tu trouvais que ça donnait l'impression que je me moquais d'elle.

Tu passes du coq à l'âne. Si tu m'expliquais que tu rappelais certaines choses qu'on s'était dites, j'y croirais. Mais tout ? Chaque mot ?

Le jour de mes dix ans, dis-je, j'ai pris la résolution d'apprendre plus de poèmes que quiconque dans ma vie pourrait en lire. J'ai gardé cette habitude jusqu'à mes vingt ans au moins.

On est maintenant dans deux conversations parallèles, dit-il.

Voilà ce que j'essaie de t'expliquer : certaines personnes vivent par les images, d'autres par les sons. Pour moi, ce sont les mots. Les mots qu'on m'a dits. Les mots qui ne m'étaient pas destinés, mais que j'ai quand même entendus. Les mots dans leur forme écrite. Les mots qui font sens et les mots qui font non-sens.

Donc ton cerveau est comme un papier tue-mouche pour les mots.

Oh là là, j'aurais préféré que tu retires ce que tu viens de dire, dis-je. Maintenant je me sentirai toujours un peu dérangée par mon cerveau.

LOL, dit-il.

Je ne répondis pas. Nous avions beau être séparés, je pouvais encore l'entendre. Quand il s'était mis à utiliser le jargon d'Internet, pendant longtemps j'avais cru que LOL signifiait « Lots Of Love » (« Beaucoup d'amour »), et j'adorais quand il me disait ça. Une fois dissipé le malentendu, Nikolai et J. avaient beaucoup ri de ma crétinerie.

Tu te souviens des papiers tue-mouche qu'on avait vus au Palais d'Été ? demanda Nikolai.

Cela remontait à un peu plus d'un an. Par un matin de *smog*, nous étions allés au Palais d'Été. Quand nous avions quitté l'hôtel, le soleil était un disque orange et métallique à côté d'un gratte-ciel. À partir de là, je pouvais retracer le cours de la journée, depuis la balade en barque, la promenade à pied et les jeux de mots, et le comptage des papiers tue-mouche autour du lac, jusqu'à la conversation avec un chauffeur de taxi m'expliquant en long et en large ce que devait signifier pour moi la vie en Amérique et comment je devais élever mes enfants dans le respect de leurs racines chinoises. Trop de gens prêts à offrir leur expertise sur des sujets dont ils ne savent rien, m'étais-je alors dit, comme trop de voitures encombrant la circulation.

Je m'en souviens, dit Nikolai. J'espionnais votre conversation. Je me sentais mal pour toi.

Nikolai était un bon espion auditif. Autrefois c'était un crime d'écouter en douce, dis-je.

Je sais. J'ai assisté plusieurs fois à ta conférence là-dessus. Écrire de la fiction, c'est écouter en douce les cœurs de tes personnages.

Lorsqu'il dit cela, je me rendis compte que je ne donnerais plus de conférence sur ce sujet.

Pourquoi donc ?

On ne peut pas tout emporter d'une vie à la suivante, répondis-je.

Mais pourquoi renoncer aux bonnes choses ? J'aimais bien t'entendre parler de l'écoute en douce.

Raison de plus pour te laisser partir avec, pensai-je, de la même manière que je lui avais confié en guise d'adieu une mienne écharpe en soie, d'un bleu et d'un jaune intenses, représentant la *Nuit étoilée* de van Gogh. C'était ma préférée, et sa préférée aussi.

Écouter aux portes, dit-il. Un vol en bonne et due forme. Tu te rends compte que maintenant, si je veux, je peux le faire encore mieux ?

Je n'en doute pas, pensai-je. Quand est-ce que tu l'as fait pour la dernière fois ? dis-je.

Pendant ce déjeuner avec ton amie, tu te souviens ?

Je n'avais pas besoin de lui poser la question pour savoir à quand remontait la dernière fois. Ce jour-là, il avait gardé un exemplaire des *Grandes espérances* ouvert devant lui. Mais quand mon amie et moi avions commencé à avoir un désaccord, il n'avait pu s'empêcher de sourire. À propos de quoi nous disputions-nous ? dis-je.

Elle te demandait ce que, dans ton imagination, tu voulais que ton roman soit. Tu as répondu que le personnage principal survivait à tous les autres, que c'était donc un livre sur la vengeance la plus tendre qui soit. Elle a dit qu'elle trouvait ça cruel, et toi tu as répondu qu'il n'y avait là aucune cruauté, puisque le personnage n'avait rien fait d'autre de mal que vivre.

Nous nous étions toutes deux tournées vers Nikolai, sachant qu'il nous écoutait. Qu'en penses-tu ? lui avait demandé mon amie, en lui montrant la définition du mot *venger* : « prendre sa revanche », « rendre une offense ». Et il avait confirmé que oui, toute vengeance était cruelle.

Tu te souviens bien des choses, dis-je.

Si toi tu peux te vanter de ta mémoire, pourquoi ne le pourrais-je pas ?

Les choses dont nous nous souvenions ensemble, celles dont nous nous souvenions différemment, et celles dont nous nous souvenions séparément. Plus tard ce même jour, je les avais emmenés, lui et son ami, en pleine tempête, à l'Empire State Building. Sous une pluie battante, ils avaient couru autour du poste d'observation. J'avais pris une photo de la ville avant que les lumières du soir éclairent les rues, le ciel lourd de gris, la ville rendue grise par les bâtiments en béton, à l'exception de la pyramide dorée au sommet du New York Life Building. Si on changeait de sujet ? dis-je. Je pouvais me souvenir et me souvenir et pleurer et me souvenir.

C'est toi qui as lancé cette conversation on-attrape-chaque-mot-avec-le-papier-collant-de-la-mémoire, dit-il.

C'est bien moi, n'est-ce pas ? Est-ce que le papier de la mémoire attrapera les mots qui n'ont pas encore été dits ?

Comme les papiers tue-mouche de cette année attrapant les mouches de l'année prochaine avant même qu'elles soient nées ? Comme la Reine Blanche disant que la mémoire fonctionne dans les deux sens ?

Oh, j'avais oublié la phrase de la Reine Blanche, dis-je.

Si toi et moi pouvons discuter, rien n'est impossible.

Un jour, pourtant, pensai-je, les gens mettraient en doute ces conversations entre nous. Folie ou bigoterie, diraient peut-être certains – ou les deux.

C'est vraiment ta préoccupation ? demanda-t-il.

Non.

Alors pourquoi perds-tu ne serait-ce qu'une seule seconde à y penser ?

Oh, l'esprit aussi attrape une pensée de ci, de là, comme du papier tue-mouche. En plus…

En plus quoi ?

Rien.

Tu ne peux pas t'arrêter en plein milieu de ta phrase, dit-il. Au moins, continue ta pensée jusqu'au bout, histoire que je sache.

En plus, pensai-je, un jour j'aurai peut-être à affronter la question de l'instinct protecteur.

Protecteur de toi-même ?

Non, dis-je.

De moi ?

Oui.

Moi ? dit-il. Moi ? Maman, tu sais bien que ça devrait être le cadet de tes soucis. Moi, avoir besoin d'être protégé par quelqu'un, maintenant ? Non, non, non. Les gens racontent ça à propos des morts, comme quoi ils auraient besoin d'être protégés. Mais c'est uniquement parce que ces gens ont besoin d'une excuse à leur propre pusillanimité.

Comment ça ?

Parce qu'ils ne savent pas ce que veulent les morts. Et ils ont peur de savoir, dit Nikolai.

Ils ont peur de ne pas savoir, aussi.

Toi, tu as peur ?

De savoir ou de ne pas savoir ? Je n'ai pas peur de savoir.

Donc tu as peur de ne pas savoir ?

Oui, dis-je. Parfois. Un peu.

Tu peux me demander.

C'était ça, pensai-je, ma peur. Les questions que je me posais et auxquelles je devais répondre à sa place. Le monde que nous partagions était limité, même si nos mots ne l'étaient pas.

Et si je te surprenais par une réponse à laquelle tu n'aurais pas pensé ? demanda-t-il.

On essaie ?

Simplement ne pose pas de questions idiotes, dit-il.

Comme, Qu'est-ce que tu as mangé au petit déjeuner ?

Ou, Est-ce que tu regrettes ton geste ? dit-il. Est-ce qu'être en vie te manque ?

Je repensai à la fête des sciences, quand il était en neuvième. Un parent nous avait interpellés à l'autre bout de la salle. Qu'est-ce que tu es en train de faire là, Nikolai ? Lui, debout à côté de son panneau, avait eu l'air décontenancé. Je... euh... je vis, avait-il répondu.

J'avais oublié ça, dit-il. Mais ça confirme mon propos. Ne pose pas de questions qui vont de soi.

Y a-t-il du regret dans son monde, à présent ? De la nostalgie ? Si ces questions allaient de soi, je ne connaissais pas les réponses. Je n'avais pas pensé les lui poser. Aurais-je dû me dire que c'étaient des questions légitimes ?

Dieu merci, dit-il, tu nous as épargné ces questions, à toi comme à moi. Qu'est-ce que tu veux me demander, alors ?

Je lui parlai d'un rendez-vous que nous avions eu avec une autre mère qui, six ans auparavant, avait perdu son fils, suicidé. C'était une femme aux convictions fortes, notamment celle voulant que son fils et Nikolai s'étaient déjà rencontrés au ciel, et qu'ils avaient fait en sorte que nous nous rencontrions dans cette vie-là.

Oh là là, dit-il. C'est ça que tu voulais me demander ? Si je suis monté au ciel et si je me suis fait des amis ayant les mêmes parcours – pas culturellement, pas ethniquement, pas socio-économiquement – quel est l'adverbe juste, ici ?

S'il te plaît, sois sérieux et respecte d'où viennent les autres.

Oui, oui, oui. Tant que tu n'imagines pas un ciel pour moi.

Une amie de Nikolai avait lu un poème pour lui à son enterrement, qui se terminait par cette strophe : *Je suis athée/mais si une personne peut changer cela/c'est toi, Nikolai*. Je lui parlai de ce poème.

Je ne veux pas changer qui que ce soit, dit-il. Je ne veux pas que qui que ce soit change à cause de moi.

J'ai bien peur que ce ne soit pas à toi d'en décider.

Bien. Mais tu dois savoir qu'elle ne faisait qu'écrire un poème. Comme toi tu écris des histoires.

Oui, dis-je, mais les poèmes et les histoires essaient d'exprimer ce qui ne peut être exprimé.

Tu dis toujours que les mots ne sont pas à la hauteur.

Les mots ne sont pas la hauteur, oui, mais parfois leurs ombres peuvent toucher l'inexprimable, dis-je.

Les mots n'ont pas d'ombres, Maman. Ils vivent sur la page, dans un monde en deux dimensions.

N'empêche que nous recherchons une profondeur dans les mots quand nous ne la trouvons pas dans le monde en trois dimensions, non ?

Tu la recherches, tu veux dire. Je ne recherche plus rien, maintenant.

Néanmoins, il m'avait laissé accéder à ce monde qui était le nôtre, créé par les mots.

Ce que je voulais te demander, dis-je, c'est ceci : Combien de temps notre conversation peut-elle durer ?

Peut ? Je croyais que c'était à toi d'en décider. Ce n'est pas moi qui l'ai provoquée. C'est toi.

C'est moi, n'est-ce pas ?

Donc c'est à toi que la question s'adresse, dit-il. Jusqu'à quand veux-tu que la conversation dure ?

Demain, après-demain, toujours, à jamais, pensai-je, mais rien de tout cela n'est la bonne réponse. Viendraient les fois où il aurait eu dix-sept ans, dix-huit ans, vingt ans, vingt-six ans, trente ans, trente-six ans. Les jours qu'il aurait dû vivre mais ne vivra plus jamais. Ce serait une erreur de le figer pour toujours à seize ans. Maintenant, plus tard, jadis, et jadis.

Tu écris de la fiction, dit Nikolai.

Oui.

Donc tu peux inventer tout ce que tu veux.

On n'invente jamais les choses dans la fiction, dis-je. On doit vivre là-bas comme on doit vivre ici.

Ici, c'est là où tu es, pas là où je suis. Moi, je suis dans la fiction, dit-il. Je suis de la fiction, maintenant.

Donc là où tu es c'est là-bas, qui est aussi là où je vis.

Ce n'est pas un peu déroutant ? demanda-t-il.

Je t'ai dit que je m'étais remise à mon roman ?

Celui dont tu parlais à ce fameux déjeuner ?

Oui, dis-je.

Un autre monde dans lequel tu dois vivre.

Oui.

Voilà un livre que je ne pourrai pas lire, dit-il.

Voilà un livre que tu n'es pas obligé de lire.

Dans le roman, une femme perdait son enfant, suicidé, alors qu'elle avait quarante-quatre ans. Je n'avais pas su que la même chose m'arriverait quand j'aurais quarante-quatre ans. Il y avait plein d'autres choses que je n'avais pas sues pendant que je travaillais à ce roman.

Argh, maintenant les gens vont me tenir responsable, dit Nikolai. Quand tu publieras le roman, ils penseront que tu as fait vivre à la femme cette histoire à cause de moi.

Les gens peuvent penser ce qu'ils veulent.

Peut-être que tu as écrit ce roman pour te préparer, dit-il.

Toute ma carrière j'ai écrit pour me préparer, pensai-je.

À ton avis, où va cette conversation ? dis-je.

Tu me demandes combien de temps elle va durer, et où elle va, dit-il. Les questions que tu poses sont celles auxquelles tu devrais pouvoir répondre.

Le temps n'avance que dans une seule direction. Un esprit part dans mille directions. Jusqu'où peut-on s'éloigner sur une route à sens unique avant que l'on soit considéré comme perdu ? Et si l'on n'est pas perdu, peut-on être re-trouvé ?

Les réponses ne nous harcèlent pas comme les mots, dis-je.

Mais les questions, oui. C'est bien ça ?

C'est le moins qu'on puisse dire.

Composition et mise en pages
Nord Compo à Villeneuve-d'Ascq

MIXTE
Papier issu de
sources responsables
FSC® C003309
FSC
www.fsc.org

Achevé d'imprimer en France par EPAC Technologies

N° d'édition: 4550414310019

Dépôt légal: août 2019